世界上最好的关系是志同道合

席越 著

图书在版编目（ＣＩＰ）数据

世界上最好的关系是志同道合 / 席越著. — 南京：江苏凤凰文艺出版社，2016
ISBN 978-7-5399-9446-8

Ⅰ.①世… Ⅱ.①席… Ⅲ.①散文集—中国—当代 Ⅳ.①I267

中国版本图书馆 CIP 数据核字(2016)第 150311 号

书　　　名	世界上最好的关系是志同道合
著　　　者	席　越
责 任 编 辑	黄孝阳　牟盛洁
出 版 发 行	凤凰出版传媒股份有限公司
	江苏凤凰文艺出版社
出版社地址	南京市中央路 165 号，邮编：210009
出版社网址	http://www.jswenyi.com
经　　　销	凤凰出版传媒股份有限公司
印　　　刷	南京新洲印刷有限公司
开　　　本	880×1230 毫米 1/32
印　　　张	8.125
字　　　数	160 千字
版　　　次	2016 年 9 月第 1 版　2018 年 8 月第 2 次印刷
标 准 书 号	ISBN 978-7-5399-9446-8
定　　　价	36.00 元

（江苏文艺版图书凡印刷、装订错误可随时向承印厂调换）

目录

第一章 **像一个** **职场女性一样** **成功**	优秀的女性都是雌雄同体 / 003 世界上最好的关系是志同道合 / 009 江湖是男人的，也是女人的 / 014 像安吉丽娜·朱莉一样坚不可摧 / 021 让美女励志学见鬼去吧 / 026 当公主成了一种"病" / 032 把许晴送到美国去 / 038 最心爱的中国姑娘 / 043 如何嫁给一个美国总统 / 049 我们需要更多女老板 / 054 外国男人让不让女人付钱 / 060 越成功的男人对婚姻越忠诚 / 065 谁在 22 岁没有犯过错？ / 073 不要因为她的成功而恨她 / 079 离婚后，她才进入百万版税俱乐部 / 086

邓文迪不必优雅 / 091

每段传奇都有一个不驯的青春 / 097

第二章　给孩子一个弟弟妹妹当礼物 / 103

像一个　做了妈妈还能要求事业成功吗？/ 108

妈妈一样　职场妈妈也许更快乐 / 113

聊聊孩子　中国大宅门式的坐月子太夸张 / 118

你的产假有多长 / 125

带孩子去图书馆 / 131

第二次童年，和孩子一起学习 / 136

大部分天才死于教育 / 139

那些被外国人收养的中国弃婴 / 147

谁又辜负了一个孩子的生命？/ 155

有没有一种电击器，可以击活良心？/ 160

我无法想象这个即将交给孩子的世界 / 164

第三章　乔布斯也曾是文艺青年 / 171

像一个　加拿大式拼爹 / 175

文艺青年一样　全球的孩子都买不起房，纽约也一样 / 182

走来走去　全民老公王思聪为富二代正名 / 187

富豪和慈善午餐 / 193

开出租在哪儿都是辛苦活儿 / 199

世界的悲伤，写在艾兰之后 / 205

道听途说和宫保鸡丁 / 212

80万人民币与8万美金的故事 / 217

退美国籍，做百分百中国人 / 223

世界上对员工最好的公司 / 228

每英尺铁轨下就沉睡着一个中国人 / 235

做人太文艺范儿的危险性 / 245

第一章

像一个职场女性一样成功

优秀的女性都是雌雄同体

美国的大众依然追问:"我们什么时候可以出现一个女总统?"柏林地铁里一个七八岁的小姑娘却问母亲:"我们有没有可能有一位男总理?"女性治理德国好像已经成了一种新常态,尤其对年纪尚小的孩子们来说——因为安格拉·默克尔自从2005年当选为德国总理以来,这已经是她的第三次连任,第10个年头。

她不但是德国第一位女性联邦总理,也是德国联邦之后第一位来自民主德国的联邦总理,还是在位最久的国家领导人之一。

2014年福布斯全球权势女性榜,她位居榜首。

芭比娃娃和叶卡捷琳娜二世

对相信"一切都将梦想成真"的女孩来说,默克尔可能是一位新典范。甚至以制作芭比娃娃而闻名于世的美泰公司(Mattle)都可以为此背书,他们制作了一个以默克尔为模特的娃娃。

但是在默克尔心里,叶卡捷琳娜二世可能才是真正的主角。有位记者送给默克尔一幅把她画成叶卡捷琳娜的肖像,从此这幅画就一直挂在她办公室的墙上。这位女统治者在俄国实施了开明的专制，却也是一个肆无忌惮的帝国主义者——默多克不做过多解释，也许她只是欣赏叶卡捷琳娜二世集女性和改革于一身这一点。

芭比娃娃或是叶卡捷琳娜二世，像是感性和理性的对立。

默克尔是一位牧师的女儿，她曾经对一位摄影师说，她的童年"没有阴影"。 她的传记中说，牧师家庭和谐而宁静——典型的德国毕德麦雅时期的中产阶级生活，即使那是在70年代的民主德国。 默克尔的家乡福格尔桑是苏联驻军基地，年少的她就利用这个机会和士兵们练俄文。 默克尔的俄文无懈可击，初二就参加了一个德国俄文竞赛，并获得在民主德国旅行以及到莫斯科旅游的奖励。 她在莫斯科买了她第一张披头士的唱片。

作为一个物理学专业的女生，她理性地把自己最欣赏的一条物理规则运用到政治生涯中——"没有质量便无吃水深度"。 从年少时她就自有一套对付困境的方法：比较。 凡是和她共事过的人都知道她事事都会以比较为基准，她会比较制度、政治程序、解决方案，正反模型始终在她的脑海中并存，经由智库验测再产生判断。

默克尔还善于计划，她把"秩序、结构、计划"这些在民主德国培养出来的特质带入了她的政治生活。 为了避免不必要的麻烦，她的每一步都要经过计划。 和大多数人不同，距圣诞节还有两个月，她已经在想礼物了，"我总想知道我会收到什么礼物，即使这样就失去了惊喜的乐趣。 使我的人生保持井然有序，避免混乱，这对我来说更重要"。

她身上还同时并存普鲁士风格的责任感，和新教徒的工作态度。勤劳，追求正确性，比别人更努力，都是默克尔从小被训练出来的。而且她还知道只有不断地进行自我修正，才能做得更好，懂得更多，居于领先地位。这些特质一直跟随着默克尔，并且让她每次面对重任时，总是首先婉拒。对未来的谨小慎微，和对人品"谦卑"的异常重视是她为什么对法国总统萨科奇总是抱有距离的原因，她甚至习惯于，每当有一段时间各种局势过于顺利，她总是担心，一定会有什么重大的意外发生。

　　所以，人们在默克尔身上看到的是无与伦比的理性，她时刻让人知道自己是一个体贴入微的人，有责任感，有组织能力。她还非常守时，也不怕亏待自己——就是永远比别人更努力，在欧债危机时，她可以耐着性子开一场又一场的会，一天只睡几个小时。

　　有趣的是，所有以上的严谨和理性都和她身上另外一种特性并存，比如她对足球教练文森特·博斯克和于尔根·克林斯曼的欣赏。大家都看到过默克尔在世界杯决赛的时候为德国队站台欢呼，像一个真正的球迷一样。这虽然和她平时带给大家的印象不同，但是首先说明她喜欢足球，其次她认为这两位教练在态度上、信念上都堪称典范。而且，他们两个人身上最显著的共同性是，他们都曾经在美国踢过球，身上带有美国的自由主义色彩。

　　传记作者斯蒂凡·柯内琉斯认为，这体现了默克尔价值观体系中对自由的信念。"自由，位居默克尔价值刻度的最顶端"，她在没有自由的民主德国体系中生活了35年，亲身体会过自由匮乏的滋味。所以，在很多重要的讲话中，包括她在总理的竞选演讲中，都提到"自由"和"自由对德国的意义"。

　　同时，以她谨慎的个性，她长时间思考未来，并为之担心，她的一句名言是，"我在专制政权下生活了35年，它与我的过去密不可分。有人说这不会再发生了，但我对此总是心存疑虑"。她甚至担心西方民主与市场经济会式微，非常喜欢比较以及系统研究的她，得到非常清晰的信息：西方国家将面临最艰苦的自由之战——"我唯恐冷战过后世界上许多开放社会将遭受危害，而我们的能力将无力应对。"

　　然而政治人物的内心总是难以被人理解，即使她的内心对自由充满了向往。除了芭比娃娃和叶卡捷琳娜二世这两个形象，默克尔所到之处，经常有人把她的画像涂上希特勒的小胡子并加以焚烧。前一阵在一场美国的时装秀上，有一个男模特竟然穿着写有"杀死默克尔"的服装出现在台上。

如有一种雌雄同体

　　有人说："女性通常天生比较敏感、爱好和平。如果最终大多数国家的领导人是女性，我们可能会更加安全。"

　　今天还是有大部分人相信坚毅和理性是男性的特质，而敏感和爱好和平是女性的特质，那么现实中所有优秀的女性都是雌雄同体——她们兼具所有这些特质。

　　虽说讨厌被拿来与玛格丽特·撒切尔（Margaret Thatcher）比较，但她认同撒切尔的名言："我绝不会动摇。"她也非常欣赏美国的两位国务卿赖斯和希拉里，因为她们都是一路从华盛顿走过来的坚毅女性。她一直觉得和希拉里很亲近，也希望希拉里可以竞选美国总统。默克尔和赖斯则更多是学术上的交流，因为赖斯在斯坦福政治系任教时，是俄罗斯与东欧专家。她和默克尔都会说俄语，这让两个女强人有了更多共同语言。

她和希拉里还有一个共同点，就是都喜欢穿裤装。喜欢穿裤装，这在默克尔政治生涯的初期饱受诟病。当年，科尔把默克尔作为年轻的妇女部长和政治新星带到美国出访，关于这位年轻的部长应该穿何种正装（当然是裙装），也是由科尔的亲信亲自打理的，这让她非常不舒服。

默克尔传记的作者写道，和法国前总统萨科奇和意大利前总理贝卢斯科尼打交道，总是很不合拍，相对于喜欢夸夸其谈的他们两个人，她保持了女性宝贵的沉默和理智，默多克和萨科奇甚至曾在办公室谈话中吵起来。而俄罗斯的普京则是永远的对手，他们总是亦敌亦友，夹枪带棒。在默克尔任期的初期，在一次会晤现场出现了一只狗，普京肯定不会不知道，默克尔是怕狗的。

总之，在世界政坛上，默克尔作为西方大国唯一的女领袖非常孤独。即使对德国的女性来说，她们对于一个女性领导人的概念也非常难堪而不知所措。虽然默克尔的执政让她们看到女性在职场和政界的可能性，但是默克尔又不代表大部分女性——她从未生育，不知道作为母亲的甘苦，不用做家务，是科学家出身，这一切使她和其他女性拉开了距离。

在叙利亚男孩艾兰死在土耳其海滩之前，默克尔曾被邀请在

《我在德国挺好的》谈话节目中与多名青少年互动。一名 13 岁黎巴嫩难民小女孩在节目中表达了想留在德国的愿望，默克尔一脸严肃，回答："有时，政治就是很残酷。你要知道，黎巴嫩的巴勒斯坦难民营里有成千上万人。如果我们说'你们都来吧'、'你们都从非洲来吧'，我们将无法承受。"小女孩当场痛哭起来。

这让社会舆论纷纷，说她过于冷血完全没有同情心。但是，在默克尔那里，永远是政治正确先行，不然，她如何掌管一个强大的德国，面对整个欧元区的危机？

最近的报道说，有叙利亚难民私下叫她"默克尔妈妈"。

我敢打包票，默克尔肯定从来没有想过做难民们的庇护者、他们的母亲。她的角色，更像是一个严峻而冷静的德国父亲。

世界上最好的关系是志同道合

阿迈勒·阿拉姆丁在成为阿迈勒·克鲁尼之前并不广为人知,即使在她和好莱坞著名钻石王老五乔治·克鲁尼订婚时被曝光。她曾被评为"英国最美的律师"。

2014年底,新婚不久的阿迈勒名列"Vogue 年度最具魅力女性"榜首。美国著名记者芭芭拉·沃尔特斯(Barbara Walters)说:"阿迈勒正在成为一个像杰奎琳夫人(美国第一夫人)、戴安娜王妃以及凯特·米德尔顿王妃一样突然出现在上流社会中的人,她的一切行为、言语还有穿着都理所当然地吸引了所有人的目光。"

一场爱情成就了阿迈勒。

或终将成就乔治,那个一张英俊的脸庞下,有着一颗政治野心,想成为美国总统的男人。

她在解救半岛记者

阿迈勒的身世被各大娱乐媒体曝光,出身书香门第,父亲是教授及作家,母亲是著名美女记者,采访过很多国际领导人。她自己毕业于牛津大学法律系,并获得奖学金,最后在纽约大学法学院获得硕士学位,会说阿拉伯语、英语和法语。媒体甚至计算出她的身家约为200万美金。

于是各大媒体和全世界已婚、未婚女性都惊叹：只有美丽和智慧并存，才可以让许下百万赌金豪言的"不婚主义者"乔治·克鲁尼乖乖地献上婚戒，并在各大场合都对娇妻大肆夸奖。

除去金球奖的那一次被主持人煽风点火地称赞阿迈勒，在最近一次和梅丽尔·斯特丽普主持慈善活动Serious Fun Children's Network时，老帅哥假装自己忘记这个机构到底是施善50个国家还是500个国家，然后借机把老婆大人抛出来："我老婆才是我们中聪明的那个。"

把婚姻当成一种资格考试的人们在阿迈勒面前反复纠结于：美貌与智慧并存，还是智慧与美貌并存，到底是哪一个排名靠前。仿佛这两个因素达到的指标才是成功的密码，也许还要加上她被街拍，却随时显示出一线明星般的时尚品味。

爱情总是有比功利心更深刻的成因，或者是比世俗的功利更为高尚的功利——如果通过爱一个人完成更好的自我，完成自己的理想也是一种功利的话。

2月底，阿迈勒·克鲁尼登上了加拿大《环球邮报》（*The Globe and Mail*），替她所代理的加籍埃及裔半岛电视台记者Mohamed Fahmy（他曾服务于CNN和《纽约时报》）向加拿大总理哈珀喊话，呼吁他为Fahmy的自由向埃及政府施加外交压力。阿迈勒本人正在埃及开罗和她的团队一起为解救Fahmy而努力。

几乎同一时间，乔治·克鲁尼在《纽约时报》撰文《禁止苏丹的强奸暴行》，呼吁国际社会对苏丹特别是达尔富尔地区的重视，文中提到了"我们卫星哨兵项目（Satellite Sentinel Project）获得的图像也证实，去年在达尔富尔东部杰贝尔马拉区域，至少有六个村庄遭到了有计划的焚烧和'油桶炸弹'攻击"。如果你还记得乔治大叔自己有一次因为示威在美国被捕，而且他还投资了哨兵项目，天天在卫星上观测苏丹地区的动向。

这两份报纸放在一起，好像在揭示一个秘密：这对夫妇为人类操了不少心。

我们很久没有在一段爱情或者婚姻前标注：志同道合。

励志的理想主义

如果非要给阿迈勒赢得一人心一个标注，那么除了美貌和智慧——这个世界上美貌与智慧并存的女子也不少，就是她特别有理想。

在遇到克鲁尼之前，她就是维基解密创始人朱利安·阿桑奇的引渡官司中阿桑奇的代表律师；她还代理过被政敌投入监牢饱受迫害的前乌克兰女总理季莫申科；她也常常为联合国进行法律咨询服务，联合国秘书长安南在叙利亚时，阿迈勒·阿拉姆丁是他的顾问之一。

阿迈勒目前代表的加籍埃及裔记者 Mohamed Fahmy，作为半岛电视台（Al Jazeera）开罗分社的社长被拘捕，罪名是非法广播及与被政府宣布为恐怖组织的穆斯林兄弟会（Muslim Brotherhood）成员见面。2014年2月，阿迈勒为了国际律师协会（International Bar Association）的人权机构完成关于埃及司法系统的调查报告而带着团队进入开罗,当埃及警方质问她:"这份报告是不是批评(埃及)军队、司法公正和政府?"她回答:"是。"够诚实吧? 随后她被警告:"有被拘捕的风险。"

报告公布后,即使西方国家和人权机构纷纷谴责埃及政府监禁半岛记者,这三名记者还是被审批并监禁了一年多时间。 而他们中的两位,包括Fahmy和另外一名埃及籍记者将面临第二次审判。 阿迈勒说:"我们已经知道这个政府的司法体系存在漏洞,为什么还希望借这个体系改变第一次审判的错误?"2月26日,为了解救她代表的Fahmy,她再次到达开罗。

然后,阿迈勒还炮轰了加拿大政府,她说她代表的Fahmy无罪,而埃及政府也曾说会释放他,但当这个承诺没有兑现时,加拿大只派一名级别很低的部长发表了一份声明。 她说:"政府如此怯懦,不足以对释放一名公民起到正面作用。"

陈述这个在中国并不太受重视的解救自由无疆界记者的事件,是想让大家了解阿迈勒作为一名人权律师的专业精神和勇气。 她对《卫报》说,她已经免去了大部分的代理费用,因为是Fahmy个人支付代理费用,与半岛电视台无关。 也就是说,她一次次为代理人的自由而奔走,甚至不惜批评一个国家司法流程不完善,指责另一个国家在对自己公民(Fahmy已放弃埃及国籍)的自由的争取上太怯懦,她并不是为了得到一笔可观的代理费。

她甚至也不是为了名气——她代理的其他客户好像还要更有名气一些,而且她已经是克鲁尼夫人。

当然炮轰加拿大这个好脾气的政府也不是什么有难度的事,

甚至出入埃及为她代言的客户工作已公布一份调查报告，以她现在的著名人权律师身份也不会有太大被牢禁的风险，这一切证明她在为一个无罪记者重获自由而努力。对于国际人权事务这个利益纠葛，复杂而敏感的领域，她受到的尊重是这样一次次的努力工作而获得的。

不知是不是因为她自己两岁时就因为躲避战乱和家人从黎巴嫩搬到了英国的身世，她选择了人权律师而不是商业或其他领域的律师，但至少是因为这个经历使她成为了一名"世界公民"，她代理的客户并不分国界和职业。

好像大部分为别人的事儿操碎心的女性都活得相当清苦，或者激烈艰辛，无论是在鱼市场组织妇女唱歌和祈祷的莱伊曼·古博韦，还是为了伊朗人权不停奋斗的伊朗的女律师希尔琳·艾芭迪（Shirin Ebadi）……她们时常在斗争中被投入监牢，或者被威胁毒打，我们很久没有看到一个为受迫害的人士争取权益的理想主义者可以活得如此从容，一方面收获着事业的成功，随手又获了爱情。

我不知道这是不是叫做理想主义，但当年人们评价演员费雯丽的话转用到她身上也很贴切：她是如此美貌，以至于不需要如此的智慧和勇气；而有她如此地拥有智慧和勇气，以至于不需要如此的美貌。

这和她的那个颜值逼人，一边当着制片人拿到奥斯卡金像奖，一边投资卫星项目监督其他国家军事动态的老公真有点像。

颁给她这样的爱情，真比一座和平奖还要励志。

江湖是男人的，也是女人的

武侠小说总是说，江湖是男人的。其实，也是女人的。

至少在侯孝贤的《刺客聂隐娘》中，不管是朝廷还是藩镇，不管是社稷还是江山，风云暗涌全是女人的江湖。

一个武艺高强"遂白日刺其人于都市，人莫能见"的美貌姑娘，受师之命刺杀自己的表哥，青梅竹马的爱人，节度使田季安。杀或不杀这条纠结的感情主线就已经跌宕起伏，更何况此中师命，乃是为江山度量。感情和政治宿命，若左手对弈右手，难分胜负，只有对人性的种种拷问和逼迫。

京师陪嫁的千株白牡丹，盛开似千堆雪，雕梁玉柱，丝帷纱帐，雪蛾玉柳……一个盛美的唐朝，无论是正史、外传还是传奇，都可用女人的命运来解读。

青鸾舞镜

赋予隐娘爱情期许和保证的是从长安嫁到魏博的嘉诚公主，她当年因为政治联姻嫁到异乡，确保了藩镇和京师二十年的和平。美若神明的嘉诚教年幼的窈七（聂隐娘的乳名）抚琴，给她说"青鸾舞镜"的故事；又在藩主田季安十五岁行冠礼时，取出一对玉玦，一支给田季安为贺，一支给隐娘，希望他们缔结良缘。 在隐娘心中，嘉诚是一个女孩子心中最完美的女性影像。

如此，只有和嘉诚长得一模一样的孪生姊妹嘉信才可能带走那个从小倔强的隐娘。

赋予隐娘一身武艺和刺客使命的师父道姑，亦是大唐公主。嘉诚、嘉信两位公主之后命运的不同，是因为乱世。 吐蕃兵入京师打劫那年，姊妹俩被送到五通观避难，乱平之后，一个回到了京师，一个则留在了道观，从法师习道，法号华安真人。 道姑华安（嘉信），因为一生独处，并不懂得男女之爱和世俗之情，所以她对学艺出师的隐娘说："汝剑术已成，剑道未成，今送汝回魏博，杀汝表兄田季安。"

隐娘和田季安几次面对面的比斗，留下玉玦而不杀，早就说明了她对田季安的余情未了。 这不了，正是孤独一生的嘉信很难明了之处，那个十岁的女孩，对命在旦夕的青梅竹马的男孩的注视，几天几夜，不弃不离。 十三年后，她的注视更加沉默和隐蔽，然这注视中包括了他的孩子，他的爱妾……像他的保护神，这是一种无法剪断的深情。 这情在和师徒决裂时表现得淋漓尽致，嘉信在背后偷袭隐娘，隐娘反手回击，嘉信胸口一片殷红。和六郎交手数次，几次是人数众多的混战，却不见隐娘一次失手哪怕寸厘。 所以养育之恩，师徒之谊，和青梅竹马的爱，孰重孰轻？

换句话说，即使是嘉诚和嘉信，一个嫁为最有势力的节度使之妻，贵为主公母；一个深山修行行踪不定，授徒以大志："隐剑之志，在于止杀。杀一独夫贼子能救千百人，就杀。"两人却都是为了京师，为了朝廷。当年嘉信准备刺杀田季安的父亲，被嘉诚拦了下来："今主公有我督看，季儿靠我教导，我必使父子二人，不逾河洛一步。"嘉信要杀是为了她的朝廷，嘉诚拦阻也是为了朝廷，两个女子，被命运放逐在不同的地方，却殊途同归。

朝廷不过是一个疆土的虚像，却终结了两个贵族女子的一生。

比青鸾寂寞

嘉诚公主自比青鸾，但有一个人比青鸾还要凄凉寂寞。

那就是田元氏（她真的在电影中都没有一个名字吗？）。因为田父要借助元氏五千人马连家眷万余人的投效，田元氏嫁给田季安是为了双方的政治利益，所以她的婚姻和她的爱情永远无法为了自己。为了田家、元家、聂家的势力制衡，她永远在这个漩涡的中心。

田季安贬田兴到临清，命隐娘父亲——自己的姑父护送，却要专程到田元氏的宫中叮嘱：三年前丘副使被活埋的事不能再重演了。田元氏也淡淡回答："知道了。"这一来一往的对话，丝毫看不出夫妻间是否有爱，有恨，有敬，只是有着交代，彼此的交代。

我们无法知道田元氏的心意，或者，她的"知道了"在元氏族中是否有着任何分量。一骑元氏杀手，趁着暮色追踪而去……她只是一枚棋子，被安插在丈夫身边，没有身后的家族，她也许得不到这桩婚姻；但是有身后的家族，她随时可能目睹丈夫死于自己或者族人手中（她的公公不是这样死于非命？）。但你知道她爱自己的孩子，更甚于丈夫，更甚于家族。

每一次田季安出现，她必安排孩子在左右，这样既让孩子和父亲添了亲近，又让一家人的温馨淡化夫妻间的政治色彩和尴尬。她必知历朝历代"母凭子贵，子凭母安"的道理。在一个君主随时可以爱上另一个女子，和她再生一群孩子的后宫，只有自己的安稳和家族的靠山才可以保证尚未成年的孩子的平安，而这些孩子同时也保证了自己的地位和价值。她和孩子才是最密不可分，命系彼此的人。

塞外的鼓声，夏姬的异域风情并不能让田元氏嫉恨到置她于死地的地步，她的怀孕，才会。因为这直接威胁到田元氏孩子们的未来，夏姬的孩子可以分分秒秒和他们争夺未来的继承权——甚至生死权。身处高位，就是这么残酷，你可以对另一个女人假装视而不见，但是决不能对她的孩子视而不见。

所以田元氏才是最悲哀也最寂寞的一个，比起嘉诚只是要时时保证和平的局势，她却要时时警惕，时刻准备出击。

然而，她本质也是聪慧纯良的女子。隐娘第一次入节度使府，和田家的两个孩子对峙，被田元氏看见。她后来和田季安提起："黑衣女子，似乎并无恶意。"既无妄自惊慌，添油加醋，又一眼看明情势，甚至有为黑衣女子解脱的意味。若不是命运相逼，她也不会对另外一个女子下毒手。

以她的容貌和聪慧，未必不会得到田季安的眷恋和宠爱。种种无奈，她自己也一定看得明白，应是更加伤心。

青鸾离镜

你若看得明白，以上每个女子的命运其实已经被安排，爱恨情仇都不能自已。隐娘被道姑带走，其实是嘉诚为她安排的最好出路。

即使有了玉玦，嫁与六郎，依然会有元氏、其他势力和情敌的加入。即使嘉诚可以成全一对青梅竹马的爱人，局势也不会、江湖也不会成全。又或许，窈七和六郎厮守，也终究变成田元氏那样，要服务于自己的家族，又要守护自己的地位和子嗣。

都虞侯聂锋被女儿援救又为女儿受伤之后说，要是当年不让道姑带走你就好了。是一派父女真情，爱女一去经年，且年少离家，心灵必然受到巨大创伤，任何一个女儿失而复得的父亲都会这般感叹。若经深思，他恐怕不会这么说。因为今天，女儿身手可以自保，甚至可以救助家族至亲于危机，最重要的是她在宫帏之外，不受种种政治、人情的胁迫。

无论是从印度运来的真丝织品，还是清风中光影浮动的纱幔；无论是如水墨山水的湖光山色，还是蓝天白云和清俊的白桦林；无论是国仇家恨，还是儿女情长……侯孝贤导演给与的是他心中大唐的风华，没有后期大量的 PS，尽量用天光天色，用大批的胶片拍摄……他给与的是这片山河中永恒不变的人性，和女人在其中纠结辗转的命运。

聂隐娘一直沉默寡言，目光如锋，不肯与人直视。只有在和田季安屋顶对决时，目光转动，只为六郎能懂。"是窈七，她是要我认出她来，然后再杀掉我。"这前一句是懂，后一段却是误读，毕竟爱情在男人那里远没有江山社稷重要，他以为，时过境迁，他娶了别人，儿时的爱人必会取其性命。可是隐娘，在她留下玉玦，放过田季安的性命时，就早已经和过去道别。一朝爱过，爱意却可以绵绵流转，这也许是作为一个女子，最孤独也最纯粹的地方。

所以隐娘是侯导最爱，因为在各种女子的命运彼此交织成恩怨成江湖时，只有她被放逐于那个朝代、乃至现代最宝贵的——自由。

放过六郎性命的那一刻，她已然超越，从此六郎她可以不爱，也可以思念，相忘于江湖，不必彼此纠缠。从此，她可为一个古镜少年灿烂的笑容而动容，别了故国故人，开始一段新的生活。

若是青鸾，离开那面镜子，离开那片桎梏，就是解脱。

最后一句

整部电影我只有一个遗憾，每每看见阳光下树叶扶疏，我总是想：隐娘从树上跳下来呀，跳下来呀……

可舒淇仅仅跳了几次，完全没有想象中的轻盈。

后来侯导说，他在大学时就爱上了"刺客聂隐娘"，"聂"有三个"耳"字，那个女子一直在树上听，听风听云……是多么美，他爱的是那份孤独，那份冷静。"但是没有办法，姑娘恐高啊。"

轻轻一句，道出真相：即使是几十年一直想拍的电影，他选中的女生不能从树上跳跃，他也不会因此而计较。他可以一遍一遍地剪片，把片子剪到最美，哪怕失去了故事的连续，却可以对爱人不苛求。

对这个世界、对爱已宽容平和，只有对自己不停不停地要求。

这算不算一种孤独的自我放逐？

像安吉丽娜·朱莉一样坚不可摧

《坚不可摧》(*Unbroken*)是安吉丽娜·朱莉导演的处女作的名字，影片获得不少好评，但这个名字作为形容词放在她自己身上也恰如其分。她昨天刚公布把卵巢和输卵管都切除的消息，这是继她两年前切除双乳的乳腺之后，再一次为降低身患癌症的可能性而做的重大手术。

在进行了至关重要的手术，并且填充了自己的乳房，使用人工荷尔蒙等来保持自己的女性特征之后；在确认自己的孩子不会说"我的妈妈死于乳腺癌"，目前不用担心会看不到自己的孙辈后，她说：我对未来安之若素，并不是因为我很坚强，而是因为我知道这是生活的一部分。无所畏惧。

一个连癌症的风险都可以被各种割舍降低到最低的女性，那不但是坚强，而且对命运有一种控制欲。她已经等不到厄运降临时像郝思嘉那样呐喊："明天又是新的一天。"她要自我选择，向命运出击。

在地球上很多女性依然为如何找到自己（Finding myself）困扰时，她不但找到自己，还挑战着命运。安吉丽娜在《纽约时报》发表《手术日记》(*Diary of a Surgery*)后，24小时之内有

800 多条留言，留言的大部分都是女性，她们开始对基因检测，对正确掌握自己的健康状况表现了极大的兴趣。

和两年前一样，她成为一个勇敢的榜样。但是如果你知道她的过去，怕是无法想象这个好莱坞最著名的"坏女孩"的反转人生。

早在 2010 年好莱坞的药头富兰克林·梅尔就曾对媒体曝光，在第一次遇到安吉丽娜时，她只有 21 岁，但立刻就变成了常客。那时，她演过因注射毒品而身染艾滋病的超级模特，演过住在精神病院里的病人，在生活中更是离经叛道。在和第一任丈夫约翰尼·米勒的婚礼上，她穿着皮裤白衬衫出场，衬衫的背面是用鲜血写着的米勒的名字；第二任丈夫比利·鲍伯·桑顿的名字被她文在了左臂上，一小瓶桑顿的血浆被她做成了项链挂在了脖子上……她还与自己的哥哥传出过不伦之恋，也公开承认是双性恋，有自虐倾向……就算她年轻时拥有美貌和无敌的性感，但是还有比这更糟糕的，更迷失自己的问题女孩吗？

在去年年底由于黑客攻击被泄露的索尼高层邮件中，安吉丽娜曾被描述为"毫无才华被宠坏的孩子"、一个"精神失常"、"狂躁被宠坏"的女人。就连安吉丽娜的父亲乔恩·沃伊特也认为，朱莉无法做好一个孩子的母亲，她的工作也不会带给孩子安全感。

没有人明白"坏女孩"何时找到了和这个世界和解的方式。也许是我看她的第一部电影《古墓丽影》时吧，无论是她在影片中性感的身材，还是她像个女战神一样战无不胜的勇敢，都不如她不羁的眼神更带有惊世骇俗的美。很快她在拍摄地柬埔寨领养了一个小男孩,成为了一名母亲。之后,她成为联合国难民事务高级专员办事处和UNICEF的亲善大使,每年都向儿童慈善机构捐赠上百万美元。再之后,她一个接着一个地领养贫困国家的孩子,有一幅当时广为流传的漫画上面写着:"成为一名美国公民最简单快速的方法是被安吉丽娜·朱莉领养。"

最后,朱莉遇到了皮特。

朱莉遇到了皮特理所当然地引起了巨大风波,就像你可以想象的两个巨大磁场相遇必然发生的反应一样。当年,身边的朋友站成两队,绝对多数是"打小三,保卫婚姻"的支持者。处于少数的是爱情至上者,认为"人生这么长,谁和谁走到最后还不知道呢"。在我看,这是一个内心强大的女性和内心相对微弱的女性(詹妮弗·安妮斯顿)的战争,而安吉丽娜身边还站着三个"彩虹肤色"的孩子。

我相信,安吉丽娜是在成为母亲之后才和这个世界达成和解,一个放纵而无所顾忌的孩子终于愿意遵守这个世界为普通人、为一个母亲设下的种种规则。正是成为母亲的内心力量让她赢得了皮特。她说:"我不能想象没有孩子的生活。对那些想要领养孩子的人,我表示全力支持。"从此,两个都貌美并极为任性的人,每次出行都浩浩荡荡地带着6个孩子。

在两次手术后,她的公开文章中都喋喋不休地提到孩子,"除此之外都还是原来的那个妈妈,一模一样。他们知道我爱着他们,为了能尽可能长久地与他们在一起,我愿意做任何事情"。

这一次手术甚至提到自己孙子孙女，"亲眼看着子女一天天长大，看到孙子孙女来到人世。" 她的朋友对媒体说："朱莉现在身体不错，但她一切会以子女为先。"因此她才会想要把癌症几率降到最低。

不能否认所有明星在公众前的一举一动都会考虑到自己的个人包装和商业价值。 对于安吉丽娜和皮特夫妇所经营的完美的"史密斯夫妇"，安吉丽娜所经营的一个伟大的母亲，一个坚不可摧的女性形象遭到的质疑声音不少。 比如，作为年轻时代的吸毒者是不是就可以如此奇迹地把自己洗白——那么多号称戒毒成功的明星最后却死于吸毒过量。 甚至，那些年轻叛逆的劣迹是不是真的可以反转，或者被当成成功的事迹来炫耀？ 是否只要现时可以在公众前光彩夺目，就可以证明她的内心已经逃离了那些童年的阴影和对这个世界的不信任，并且既往不咎？

因为对于青少年来说，人生一旦失足，就可能永远无法弥补，在平凡的世界中，并没有多少让弯路回头的机会。 安吉丽娜·朱莉好像是一个掌握命运的特权者，恶劣的青少年期，放纵的爱情，最后却成为一个伟大的母亲，一个被人追捧的女性偶像。

就连安吉丽娜对抗癌症的事迹都充满特权，她自己说"测试BRCA1 和 BRCA2 的费用为 3 000 多美元，这对于许多美国妇女来说仍是一大阻碍"。 而做这种双乳乳腺侧切除，并填入代替物的手术费用更为昂贵。 这些都不在美国的医疗保险中，对世界其他尚未解决最基本医疗保证的国家的女性来说，更是天方夜谭。

但安吉丽娜带给这个世界的积极性却无法忽视，在纽约时报800多个留言中，很多人提到了医疗保险——也就是大家认识到社会福利对于带有癌症基因的人来说不完善。更重要的是，这两次手术号引起女性对自己的身体和健康的重视。根据世界卫生组织（World Health Organization）的数据，每年死于乳腺癌的人数约为45.8万，这是一个多么庞大的数字。

作为一个女性个体，她代表着一种更为强悍的处世价值，自我完善，自我选择，像一个未来战士一般对命运进行反扑。她告诉我们，女性不仅仅可以选择自己的道路、生育、爱情，甚至命运。当厄运来临，我们可以不必惊慌，从容面对。在这个世界上有一个女人为了对抗癌症，切去了双乳、卵巢和输卵管，有这样的意志，你也可以像安吉丽娜一样坚不可摧。

让美女励志学见鬼去吧

机场书店一直是"成功人士"的风向标,每次经过,就可以知道最近流行什么调性的成功人士。比如说,前一段时间"在跨国公司成为高管"的这种成功人生,或者是"带着情怀成为一个偶像般的自己",最近,已被网络科技创业人士的成功榜样所取代。比如《从0到1》和《创业维艰》。最引人注意的,则是横空出世愈演愈烈的女性成功学。

女性成功学当然一直存在:2013年由著名好莱坞明星和制片人蒂娜·菲所著《管家婆》(*Bossypants*),2014年由Facebook运营官谢丽尔·桑德伯格所著《向前一步》(*Lean In*),甚至再往前的eBay女总裁梅格·惠特曼的《价值观的力量》(*The Power of Many*),包括现在排行榜风头正劲的德国女总理默克尔的自传……只是,除了这些翻译过来的女性传记励志书籍之外,国产的女性励志书籍则喜欢以美女为题,比如一本叫《美女都是狠角色》和一本《中国女人书:新周刊盘点百年中国美女史》。

《美女都是狠角色》的作者说,这本书不是心灵鸡汤而是"打鸡血"。可是,一本和女性相关的书籍,还要以美女为卖点,这是不是另一种"以貌取人"?

这些鸡血文章中说了些什么呢？"保持眼周没有细纹、延缓法令纹的要诀是超过 15 年仰面睡觉，侧睡容易长皱纹"，也就是说，这个女人 15 年没有侧睡过！没有抱着枕头埋头大睡或者和伴侣相拥而卧过！后面则提到了二战时用英文讲演并震惊美国朝野的宋美龄，"她也是一个美女"；同样著名的冰心，"据说也是一个美女"。

一个为了防止长皱纹而 15 年不侧睡的"美女"，是不是一个神经病？至少我认为她有强迫症，和障碍性"自恋"症，这些都是病——得治。但是作者却惊叹到赞许，奉为神灵。我可以理解一个女性人近中年所患的"皱纹焦虑症"，但是把这种疑似强迫症的"美容大法"写成励志文章，说明作者也神志不清。而后一段就更加明确了作者的中心思想和价值观——"也是一个美女"、"据说也是一个美女"。两个完全不是因为美貌，而是因为自己的智慧和代表那个时代独立精神的知识女性，在"也是美女"这顶帽子下突然变小。她们的成就与美貌无关，把这些和容貌强行绑架在一起，恰恰说明了作者对容貌的过于重视，而这过于重视，其实是出于一种不平等不自信。

"以色事人"这种传统观念其实就是"男尊女卑"的变形，一个女性必须以外貌美，以姿态美来成为一个被男性社会推崇的形象，本身就是以取悦男性为基础。"女为悦己者容"放在一个小范围，一对情侣你侬我侬，无可非议，但一个社会对女性容貌的追求度越高，对女性物化的程度就越严重。国际美容整形外科学会（International Society of Aesthetic Plastic Surgery）的一份研究显示，韩国是全球人均整容手术率最高的国家，也就是她们对自己的容貌要求最高。《纽约时报》中一篇报道说："韩国女人被当地男人物化的程度，无疑要比世界上任何其他地方的女人都要高。"

抛开追求平等的女性主义不说，把一个人的容貌优势当作成功的必要条件，就会造成"容貌歧视"。那么那些同样努力，同样具有成就，但是相对丑陋或者肥胖的人呢？他们难道就不是成功？"容貌歧视"是不平等的一种，正是这种歧视，以及越来越强调"才貌双全"，强调"我负责貌美如花"，才会造成中国社会大规模的整容，那么多本来面目清秀的女孩为了达到"美女"这样的标准而不惜大动刀斧，把自己整成千篇一律的"锥子脸"、"欧式鼻"。

我有一位女友，可以说是已经在自己的行业达到独当一面的程度。因为工作的原因，她常常会参加一些发布会，或者一些品牌 Party。有一次，她给我看她手机里的照片，其中有一些家境良好或者嫁得不错的年轻女孩的照片，一连看了十几个女孩。尽管她们拍摄角度和服饰完全不同，但看上去，十几张照片的女孩，几乎都像是同一个人。还记得我们曾经笑话过的"韩国小姐"选手吗？20 个人撞脸，何其壮观！但现在，在中国大都市的同一场所，你可能真会碰见两个毫无亲属关系却长相相似的人工女孩。整容，对于中国人来说，特别是对于那些认为整形手术是提升个人发展及职业前景的途径的年轻女性来说，已经成为一种可以负担的商品。曾有人采访了去韩国整容的中国年轻女子，她不假思索地说出了整形的好处，比如可能会赚更多钱："我们希望变得更漂亮。"

"更漂亮＝可能会赚更多钱"，这确实是社会实实在在教给这些女孩的法则，也是这类"美女"励志学所暗示的方向。不但如此，这种容貌歧视，对女性以貌取人的泛滥，使中国媒体在评价一个女性时，会毫无底线地加上"美女"头衔。

比如，只有在中国，雅虎的女总裁总会被加一个"美女CEO"的头衔，想想看，如果这样的标题出现在西方媒体的头条——"beauty CEO"，"good looking CEO"，多少女权团体会咒骂。但是在中国，就可以有各种美女称号大赠送，像美女CEO、美女作家、美女企业家、美女创业者……花样百出。

在这种价值观下，微信上经常会有各种女性公号热衷熬"鸡汤"。我记得比较深刻的一篇，可以说内容毫不亚于"15年仰睡"。在文章里，作者说：女人在任何时候都要精致，任何时候出现在人前都要化着淡妆，穿戴和时尚杂志一样时髦的服饰，她们每天早上吃着精致的谷物粗粮的健康早餐，喝大量水，即使坐飞机出差也会在飞机上敷一张补水面膜。而且这些"很有病"的女主还都要么有自己的公司，要么是什么高管，任何时候出现都精神抖擞，神采奕奕。

还有更可怕的。在另外一篇文章里，提到现在闺蜜见面都要拿最新款包包穿名牌鞋子，头发一丝不苟，而作者建议大家都这样做：这样才会让爱自己的人知道自己过得不错。而且，每天都打扮成这样，精致美丽就成了自己的本色，所以"以本色示人"

其实不是说洗干净脸素面朝天，而是你无论何时出街，脸上都保持着二两化妆品的状态，长久以往，这就是你的"本色"。

我必须说这些"鸡汤"、"鸡血"的作者都病得不轻。如果一个女人不承认任何年龄段都有这个年龄段的"美"，美不是单一的"没有皱纹，肤白紧致"；美不是标准的"锥子脸，欧式鼻"；也不是非要每天打扮得像《瑞丽》里的模特。朴素有朴素的美，而安静平凡也有安静平凡的美。如果不能尊重人生的多样性，正视岁月和岁月下变化的自己，那她们永远都会和自己较劲，让整个人生飘在一个虚设的平台中。

一个很著名的例子就是美国影星芮妮·齐薇格（Renée Zellweger）。年轻时，她因为饰演那些长相平凡、经常犯各种错但身心健康的女子而成名。她有一张并不完美的脸——有点包子脸和肿眼睛，但这并没有妨碍她得到奥斯卡金像奖和众多粉丝的喜欢。最近一次出现，她变漂亮了，反而引起了大众的热烈讨论。一方面，大家觉得她的存在本身就是歌颂不完美和缺憾的平凡人，人们在她那里能找到认同感，但是她现在不再是她自己了。另一方面，周围的人都变老了，而她却跳出了这条路，拒绝和大家在一起。

一个平凡相貌的人也会有成功，但是反之，对美貌的过度追求可能失去自我。

更重要的是，那些认为"美貌＝成功"的作家们，如果不能认清容貌不是一张通向成功的通行证，要死要活地保持一个紧绷甚至虚假的美貌，其实是向一种不平等的男尊女卑的社会妥协，这不仅仅是媚俗，简直是教唆。正如萨特所说："半是受害者，半是同谋，像所有人一样。"

一个女人更要正视自己的"不美"和真实的年龄，真实的黄褐斑，才可能在一面镜子前接受素颜的自己，也接受真实的人生，才能真正地怜悯、珍惜与包容。一个社会要正视"丑"，正视"变老"，才能够有宽容和平等。

让我们把"人生赢家"、"美女狠角色"、"颜值时代的强大脑"这些功利心强烈的词儿扫除掉，让美女励志学见鬼去吧。

当公主成了一种"病"

好莱坞明星安妮·海瑟薇得到她人生第一个奥斯卡金像奖后，突如其来地被《旧金山时事报》（ *The San Francisco Chronicle* ）选为"2013年最讨厌的名人"，讨厌蔓延开来，网友甚至造了一个词，"Hathahaters"（海黑），这个词是她的姓Hathaway和英文仇恨的合体。

当《纽约时报》也刊文《我们真的讨厌安妮·海瑟薇吗？》，《新共和》、《纽约客》、CNN和BBC都加入讨论，讨厌安妮·海瑟薇成了一个举国瞩目的公共事件。

安妮·海瑟薇是靠《公主日记》系列走红好莱坞，连讨论她为什么被骂的作者也肯定她的美丽、天分和努力，她可能是今天好莱坞最像公主的一个女生——虽然她还没有《罗马假日》里的公主可爱。

为什么公主不再被美国，准确说是美国网民爱了？

这不是网络暴力

几乎消失一整年后，依旧短发精致，裙装优雅的安妮上了《艾伦秀》。艾伦问她如何看待自己被网络暴力，她回答，用她特有的口头禅：Well，生活还是要继续，不用着急，这是一个快乐的结局。

我想说，这不能简单被称为"网络暴力"，经得起多大的诋毁，就受得起多大的赞美，既然作为一个好莱坞明星，一个公众人物，在经历这次事件之前一直是大众偶像，《人物》杂志"最美的人"中年年上榜的人物，怎么就不能经得起诋毁呢？ 除非你是奥黛丽·赫本。但是赫本在今天能保持只赞不黑的记录，是因为她仙人已逝，而且当年对明星的隐私不像今天这样的娱乐化。

安妮在《艾伦秀》中，有一种美国中产阶级家女孩子所特有的优越和刻意甜蜜，那在众人看来一举一动都经过算计的精致在某一个时期被称为"教养"，在现在却不再是那么受人待见的东西。

维基百科上果然记录着安妮良好的家世，她的父亲是律师而母亲是歌手兼演员。虽然她最初的理想不是成为一名演员，但是她在高中时就已经表演舞台剧并获得学校的才艺奖，17岁已经出演电视剧的一个配角，并得到了一个青年艺术家奖的提名。

一个集美貌与才华于一身，同时命运又很眷顾，一帆风顺地走到她拿到奥斯卡金像奖的那一天的女子。 在美国版知乎Quora上讨论安妮为什么被讨厌的帖中有一个回复提到："她是上帝用双手捧出来的人。"

那就是说她被上天特别眷顾，这本身很让人不服气，地球上60亿人，凭什么她就是被上帝双手捧出来，别人就是被一只手拎出来，或者一只脚踢下来的呢？ 这虽然是一个理由，但是作为一个超级美女，大部分人还没有把自己放到和她比较而不服气的档次。所以这也不是人们讨厌她的理由。

有网民很简单粗暴地说："讨厌安妮，因为她不是詹妮弗·劳伦斯。"这个理由很粗暴，却代表了很多人尤其是年轻网民的心声。因为詹妮弗更为自然、真实，她在荧幕上从来也没有扮演过公主，拿到奥斯卡金像奖的角色是一个经历了心理创伤成熟而坎坷的女子，人们对她的演技绝无异议——对安妮的获奖却议论纷纷。

网民把詹妮弗·劳伦斯拿出来和安妮对立比较，詹妮弗比安妮还小8岁，也很美丽，这就不是上天眷恋与否的问题，而是他们更喜欢詹妮弗在奥斯卡颁奖时摔倒的一跤，她的颁奖感言。她不像安妮那样语速极快，表情夸张，恨不得感谢所有人。有人一针见血地说，我们就是觉得安妮太假，太做作，好像每一刻都在表演。

一直有人说她表演用力过猛，每一次出场亮相都经过精心策划。

这评价算是中肯。演过公主后，安妮生怕自己被清纯的公主形象定型，很快就在《断背山》里开脱。她是少有几个脱了却得不到好评的女演员，大概是没有顾忌人们对她的形象期待。比如斯嘉丽·约翰逊，连我作为一个女人都希望在荧幕上看到她一脱再脱，而对眼睛大大，总有种女孩气质的她，我对她的裸露有种不安。即使在《星期六夜生活》中，她也如此卖力地扮丑模仿阿汤嫂，那其实只是一个综艺节目，大家都是图一乐，所以她的卖力最后成了一种刻薄。

一种过时的审美

安妮带着一种明亮的光芒，在红毯上选择的总是粉色、白色、黑色，精致而优雅的服饰。她似乎没有在公共场合出过错，选择的影片至今没有一部烂片……是不是把自己规划得太好，以至于人们觉得这些都不真实。

人们忘记了她是一个典型美国中产阶级乖乖女，忘记了我们关起门来，对自己女儿的教育正是这样。忘记了，我们的社会其实主导着这样一种女孩。

她们从小既要优秀就得遵守优秀的游戏准则，要被爸爸妈妈打扮得漂漂亮亮，出席每年圣诞的《胡桃夹子》歌剧时，一定把长发卷成秀兰·邓波儿那样的卷儿，系上大大的丝质蝴蝶结。她们在学校要表现得甜蜜可人，每天回家要夸张地表现她们一天的愉快，偶尔要忧郁地告一下好朋友的密。随时随刻，也要表现得聪明伶俐，争先恐后地回答问题……这是年轻女生自信的重要表现。

中产阶级的父母每天都要变着法子称赞孩子，因为各种教育专家的指南都说不能给孩子负面的评语，不可以说"NO"。曾经一篇《时代周刊》的文章讨论过，这些在称赞中长大的孩子，成年后，面对问题，也要首先"sugar coat"糖衣包装取悦一下他人。而她们最大的迷茫是，认识到自己不如父母和周围人说的那么"天才"，那么"完美"而无法接受真实。

安妮是不是这样长大也无需查证，但是在她回答一个问题前会习惯性"糖衣"一下再回答，以符合中产阶级要求孩子的那种甜蜜。即使在她回答艾伦被人讨厌对她的干扰时，她也很"优化"地回答：我发现自己其实不够爱自己……我重新找到自己，这个过程非常好。

亲爱的，你难道不能在节目中大哭一场，表示自己看过心理咨询吗？表现出一贯的优雅，难道就那么要命吗？

安妮其实是一个好姑娘。

无论她怎么样被人指责，她公开履历中唯一的失误就是曾经交过一个意大利地产商男友，后来这个男友被发现是一个诈骗犯。即使年少成名，她也没有像其他女星一样酗酒、嗑药、一个一个地换男朋友。

她为支持同性恋者公开讲演；出现在反对苏丹暴政的集会中；2014年为了支援尼日利亚被绑架的女学生，她和丈夫在洛杉矶的大街上高举着"让我们的女孩回家"的广告牌……她虽然没有安吉丽娜·朱莉成为亲善大使，但她一直保持着一个健康的公益形象。

她好像上个世纪的明星，计较每一次出镜的美丽——有谁记得那个时代，为了一次写真，女明星要提前一个星期做准备，早睡，敷脸，喝菊花茶，保持最时尚优雅的常态，在任何一个场合都尽善尽美。

或者像上个年代的女子，铭记香奈儿的名言："每天都要穿得漂亮地出门去，因为你永远不知道你今天会遇见谁。"然而生活真的不是公主历险记，转过街角，你碰到的可能不是王子，也许只有你自己。

所以安妮并不是唯一一个被网民讨厌的精致美女，被黑的还有格温妮丝·帕特洛（Gwyneth Paltrow）和泰勒·斯威夫特（Taylor Swift），她们的共同点都是时时刻刻像在走一场复古而经典的公主秀，最致命的是，她们还一直都走得很美，不露破绽。像金·卡戴珊（Kim Kardashian）那样永远像只被包紧的粽子——她那么让人讨厌，反而不需要人讨厌她了。

她们错的原因不过是这是一种过时的美。今天，人们更喜欢一颗平常心，一个不把自己当公主的女子。他们把自己觉得自己无限美好，小心维系的女子叫"公主病"。

ABC早新闻采访安妮，一个小女孩穿着公主装在Twitter上向安妮提问，她的问题是："你最喜欢的公主是谁？"安妮沉思了一下，说："凯特王妃。"这一次，她没有像从前一样，带着孩子气的夸张。

每个小女孩可能都沉迷过公主，或长或短，等到有一天她意识到，公主不再被人爱，不如踏踏实实或者跌跌撞撞做自己，这也是一种成长。

或者领悟。

把许晴送到美国去

像 2013 年，刚刚得到奥斯卡金像奖的安妮·海瑟薇在网上被海黑（Hathahaters）黑成备受瞩目的公众事件一样，今年因为《花儿与少年》被黑的许晴也成为了 2015 年上半年最受瞩目的娱乐事件之一。而且她们被黑还都是因为"公主病"。

有趣的是，只要横向一比较，就发现虽然网络暴力的表现相似，但是中西"公主病"却如此不同，甚至背道而驰。

在美国被黑的安妮·海瑟薇，她就是因为平时亮相从不出错，总是夸张的甜蜜才被网友们讨厌，美国公众认为她"太假，太做作，好像每一刻都在表演"。同样被株连的还有泰勒·斯威夫特（Taylor Swift）和格温妮丝·帕特洛（Gwyneth Paltrow），她们当然任何时候都不曾穿错过衣服，化错过妆，人生过于经营，把自己活的姿态放得太高杆儿，才让人生厌。美国网民更爱真实的，摔了一跤会当着大众说"FxxK"的大表姐詹妮弗·劳伦斯（Jennifer Lawrence）。

按照美国人们的审美标准，最讨厌的中国明星应该是志玲姐姐，因为她从不说错话，永远体贴宜人，甚至在飞机上也不忘记敷上一张面膜，用保鲜纸保养皮肤。最让人受不了的是有一次她上春晚，为了配合搭档周杰伦的身高，她穿了一双平底鞋，然后得到了万众一心的夸奖——她太知道保全周董的面子了。而且，她一直是个花瓶。演了那么几部戏，到了《道士下山》里还是一个面部保养得很好的，很会扭胯的花瓶。但是中国人民却超爱志玲，说她情商高，懂得八面玲珑，温良恭俭让。

　　这就解释了为什么被黑的是许晴，恰恰是因为她不够八面玲珑，喜怒哀乐都写在脸上才触动众怒。在网上挨骂最多的就在第二季中，当别人问许晴是这一季开心，还是上一季开心，她说"上一季"。大家已经有些惊讶地问为什么，她回答："因为上一季的人都正常。"她说这话的时候，绝对表情平和，甚至有些天真无邪的样子。然后到了上《星月私房话》的时候，主持人问她如果是现在还会不会这么回答，她说还会回答"上一季更开心"。呵呵，这有没有像美国人更喜欢的那个大表姐？说真话不是很酷吗？一个真实，对自己的喜好并不拧巴的人，最好有点缺心眼，才更被美国人喜好。

　　说到底，这不关"公主病"什么事儿，而是中西对女性的审美的不同，甚至可以说，是社会对女性的期待值的不同。

　　一个女性在中国成长就要比美国累很多，因为人们在观念上给女性赋予了太多标签。要生儿育女、勤俭持家、白天上班、晚上回家做饭……而且要懂得讨人喜欢，有眼力价，照顾别人的面子。传统的中国，有一大家子人，媳妇更是那个要忍辱负重，委曲求全的人。所以一个中国女孩从小就要被教育，要学习各种技能：洗衣做饭，织毛衣，做针线，料理自己的家务，对长辈有礼貌，要讨人喜欢，要琴棋书画，还要各种顾全大局……但一个中国男孩身上被赋予的期望就简单粗暴得多：要学习好，要光宗耀祖。而长大以后，就是要挣很多很多钱。那些不够体贴，不会做家务，缺少担当的缺点，就要由未来老婆的善解人意，忍让宽容来弥补。

Facebook 的运营副总裁雪莉·桑德伯格（Sheryl Sandberg）在她的 *Lean in* 中就提到过，在她的成长环境中，父母一直鼓励她，女性和男性一样可以自由选择自己的人生，追寻自己的梦想。并没有一个人告诉她，女孩子长大要看别人的脸色。而我们自己家的女孩子，却总是被要求，女孩子就要乖巧，要听话，要嘴甜。长大以后，则会被要求喜怒都要不形于色。总有人拿薛宝钗和林妹妹来比较，万事周全的薛宝钗一直是中国人心目中最完美的女性。

回到许晴那里，她简直就是一副美丽的 PH 试纸，跳出种种标签，考验着国人对女性的审美，结果喜欢她的是真喜欢，讨厌她的是真讨厌。除了在真人秀中口无遮拦，想拉长脸就拉长脸，想哭就哭之外，她还爱撒娇，和每个人都说："要好好爱我。"那完全不是要顾忌别人的感受，而是让别人考虑她的感受，要活出自己的架势。于是有网友喊话："真人秀还是一个 Show 啊，你还是要演啊。"可她自己对《星月私房话》说，我是把第二季的同伴当成了家人。这个社会明明要女性集体演绎社会赋予她们的希望——演戏，而真实，就是许晴最吃亏的地方。

许晴另外一个招人恨的地方就是：46 岁了，还单身，无娃。

这在传统中国女性中应该活得悲悲切切，凄凄惨惨的人生，被她活得貌美如花，自以为是，依然"公主"。 这又是对中国女性价值观挑战的一种，女人单身为什么就不能活得很美很好？ 为什么就不能对生活期待很高？ 女人一过二十七八岁就被称为"剩女"的似乎只有中国一个地方，而且剩下的往往是优秀而有能力的女性。 无论她们多么成功，只要是未婚未育，总会有一家子人在背后为她们着急，好像有个家对女人来说比任何事情都重要。

许晴可能无意成了一个标杆，"女人 40 岁"很美，很任性，很自在，还可以和小自己 20 岁的小男生撒撒娇，放放电。 这没有什么不好。 在美国的大都市里，也有不少这样滋润的 40 岁美女，她们照样恋爱，和闺蜜出门度假，过自己的日子，"如果上天没有马上赐给她们一个丈夫或者孩子，她们也不着急"。《欲望都市》电影版中，最让人惊喜其实就是 Carrie 做"40 岁新娘"，她和周围的人也完全没有因为 40 岁这个尴尬的年龄而有半点疏忽，她一套又一套地试婚纱，定了一个庞大的宴请名单，一个豪华的伴娘团，甚至婚纱的照片还上了杂志的封面。 你可以说她长不大，可以说她还有公主梦，但是作为女人，难道不是每个年纪都不应该嫌弃自己，每个年龄都要活得美丽吗？

美国著名编剧杰瑞·宋飞（Jerry Seinfeld）曾经在一次艾美奖的颁奖典礼上说过："到了 40 岁，你就不想待在潮人身边，而是想在自己人身边。"我想，这句话表达的是：人到了 40 岁非常了解谁是同类，谁非同类。 这种生活的阅历大概放在每个人身上都一样，只是有人敢于承认并真实赖在自己的人身边，而有的人还在敷衍自己和他人罢了。许晴无疑是前者,她喜欢在表达自己时候说:"屏蔽",也对采访说过,很容易凭自己的直觉,找到自己喜欢的人。一旦找到了,就会非常投入。有的人越活越自我越纯粹,越真实,这也是40岁后成精成仙的活法。

也有人说真人秀并不算什么成绩,对演艺的事业发展并不一定有什么帮助,但是至少在美国真人秀明星已经把好莱坞明星挤下了杂志封面。《纽约时报》曾经在一篇文章里列数过《时尚》《魅力》《娱乐周刊》的封面女郎,发现由《好莱坞女孩》(The Hills)中的明星劳伦·康拉德(Lauren Conrad)、真人秀明星金·卡戴珊(Kim Kardashian)和她的妹妹科勒·卡戴珊(Khloé Kardashian)做封面女郎的杂志都卖得异常火爆。这么看,不管是"逗比"的宁静还是被"黑"的许晴,放在美国也都是一种成功。

我对许晴最近的印象是她在《环形使者》(Looper)中的角色,影片中她对布鲁斯·威利斯竖起了中指,那种俏丽、随性,还有一点小酷的性感马上迷倒了硬汉的心,为了让她起死回生,布鲁斯不惜跨过时间门回到过去。

某种程度上,许晴的那句"因为上一季的人更正常"总是让人想起她在 Looper 中的形象,这一点以爱为生命的娇憨,小任性,真的可以颠倒众生。

再黑她,咱们就把她送到美国去。

最心爱的中国姑娘

　　当《捉妖记》的霍小岚出现时，我眼前刷刷重叠了好几张面孔，《警察故事》里的张曼玉、古装片女扮男装的张敏、《卧虎藏龙》里的章子怡，还有若干周迅的镜头，若干《还珠格格》里的小燕子，若干版《射雕》中的小乞丐黄蓉……

　　为什么中国的银幕上，有一种审美就是女扮男装的姑娘？

　　或者是那种身材单薄的像个小男孩，眉清目秀却无女性娇美的中性形象，被赋予了清纯、可爱、勇敢等种种特征。美貌的女子往往只是配角，她们的宿命定是两种：一种是柔柔弱弱、善良可欺的小女生，因美而招惹种种厄运；一种是美艳迷人，却心如毒蝎的熟女，喜欢对同性加以迫害，对异性卖弄风情。这是一个多么奇怪的现象，美女很少正面，或者有什么好运。这还不包括那些被切了胸的大头美女。

　　伴随着小男孩的形象，她们往往有一种女汉子的性格，莽撞、小马虎、温柔不足、倔强有余。同时，她们还都智商不高，却有着脑筋急转弯般的小聪明，时刻扭转着局势。当然黄蓉除外，因为她是聪明绝顶，还时时透着女孩子的俏丽娇羞——但那是金庸老爷子40年前的审美了。今天，最受中国人欢迎的影视女性似乎是中等相貌，平庸身材，男孩性格，大部分时间强势，但是当谈到所属权的时候，属于自己男人的，一定要痴情。

所以白百何的霍小岚，是现象级的存在。

她相貌中等至多清秀、功夫一般（二钱天师）、没有什么大理想——就是要拿妖换钱；有点小精灵、小可爱但基本是个女汉子，嘴上、身手上都强势。不过，和井柏然亲了嘴以后，她宣称："男女授受不亲，亲了就要成亲。"此前，她拼死保护井柏然是为了可以卖钱的小妖王，此后拼死保护的是自己认了亲的老公，即使这个老公相对弱势，根本无法负责保护她。

如果说影视中的很多价值观和社会主流紧密相连，还不如说影视中人物，尤其是性别审美（包括男性和女性）更是现实生活中人们的心理投影。就是说，编剧们笔下的人物其实是代表着观众们最喜欢的形象，甚至可能是她们自己换位成为主角，愿意成为那个人。那么白百何的霍小岚，是不是就是老百姓，尤其是年轻人的审美取向？

在知乎上有一条关于女汉子的讨论，一个韩国朋友说韩国没有中国的这种女汉子物种。我看过的仅有几部很火的韩剧，都是肤白貌美的女主角，野蛮霸道，其中的硬道理就是美嘛，有资本。但是我看过不少好莱坞电影，有资格说好莱坞很少白百何代表的这类女子，少有的两个例子，一个是很多年前的凯瑟琳·泽塔-琼斯（Catherine zeta-jones）在《佐罗的面具》中乔装打扮，然后被佐罗几剑挑破，剩下的时间她就负责表现自己的倾国倾城风情万种；一个是《加勒比海盗》中扮成小男孩的凯拉-奈特莉（Keira Knightley），她易装之前也算美女，小有典雅。

现在美国倍受青年人追捧的女性是《饥饿游戏》里的詹妮弗·劳伦斯（Jennifer Lawrence）。《饥饿游戏》是近年紧跟社会价值潮流的"女性力量"（Girls' Power）电影，电影中不再是由男性作为拯救世界和女性的保护神，相反，她们成为了领袖，自己命运的决定者，而那些男性角色只是她们的协助者，或者同盟。她们更多展现的是坚韧、勇敢、果断这些过去呈现在男性英雄身上的特性，最重要的是她们自我突破的能力，往往代表着从个人视角向更宏大的社会责任上延伸。《饥饿游戏》如是，突破动画片票房新高的《冰雪女王》也是，甚至更早的一部《怪兽史莱克》第四部中的公主自救也是。男性不再是她们依赖的救世主，她们开始带着各自可以成为领袖的能力与武艺，成就自己，拯救他人。同时，她们身上的女性魅力并没有被淡化，都还是各具风情的美女。

虽然都是打打杀杀，但是《捉妖记》里的百何和《饥饿游戏》里的詹妮弗代表着中美对女性期望值的绝对距离。

这种领袖风范、女性魅力、出众才华在中国的银幕形象上集体缺失，通常中国女英雄愿意解救的也是和她们亲密的小伙伴。那些小心思、小聪明和善良如果真的有了成就，马上被一个男人收去了所有权。像白百何在《捉妖记》最后一幕，背起了井柏然的行囊（那在婚前，一直是井背着的）。最后，这种自动归为人妇，性别招安，从此温柔贤惠的举动被诠释为中国女子的幸福。

嫁人远比杀妖重要，人妖大义其实还是要那个貌似软弱，最后手持杀妖神剑的小井来完成。

有人告诉我白百何饰演的"小白"其实更深入人心，她甚至是"都市小白"的代表。仔细查过百度，才知道都市小白类似"都市小白领"，还有菜鸟、新手的意思，"表示那些纯洁的微傻微愣的人。褒义"。横贯中国影视，最"得人心得天下"的就是这群微傻微愣微可爱的小白，比如我在飞机上看过的《整容日记》、《我的早更女友》和《失恋33天》。前段时间，还有一部叫做《何以笙箫默》的肥皂剧，果然又发现了一个让霸气总裁精英律师竞折腰的"小白"。只不过这个小白，实在没有白百何表现得更具有代表性（大概是女主过于漂亮了点），大家喜闻乐见就是那种没有什么大义没有志向的迷迷糊糊的白领女青年，一定不能高冷，最好别太优雅，更不能是女强人，只有这种小白最接地气儿。

总结一下，就是无论是"古装小白"还是"都市小白"性格都相似重叠，菜鸟、迷糊、男孩气、莽撞、小可爱……恰好，白百何集古今小白于一身，千般宠爱最后成就了她暑假"票房女王"的称号。

关于为什么只有中国这么热爱这种小白，而不是法式的《天使爱美丽》的精灵优雅，美式的《乌云背后的幸福线》般的邻家大妞，或者各种虚构科幻电影中的性感女超人，我请教了各路大神。各种猜测如下：

1. 中国的独生子女制度，盼男孩的家庭把女孩当男孩养；

2. 共产主义式男女平等，我们的妈妈们被抹去性别特征，争做铁姑娘，这种审美滞后到今天；

3. 中国传统女性美最好是平胸，扁平身板，红颜祸水嘛，无才便是德；

4. 男权社会，女性依然以男性期盼为目标，以金庸大叔的黄蓉为模板，衍生出更多俏皮可爱的"小男孩"；

5. 中国今天的个人价值观：没有个人英雄，最好都是小聪明好运气，小可爱大爱情……类似这种灰姑娘天上掉王子馅饼一样的剧情，阿里巴巴开门就碰见藏宝洞，小道士下山就碰见好师傅等等。

抛开种种深挖，符合大众口味的"小白"有她的可爱。表情丰富，无大心机，善良，有时呆萌。今天中国的邻家女孩，不再是琼瑶阿姨那个年代的青霞姐姐——长发飘飘，清纯可人，就是这种的微傻微愣微可爱。于是，小白哗哗超越各种女神，带来了《捉妖记》近20亿的票房。说实话，努力不一定证明成功，票房不一定代表成功，各种蹭红毯刷脸，也不一定代表成功，演成一种现象，才是成功。

上个周末我参加了一场各国商会的联合活动，那些以商务范出现的中国年轻女孩，一色儿的合体的小黑裙，细高跟，珍珠耳环，长发红唇，持流利英文，假装在纽约。

眼前突然走过一个穿碎花衬衫，洋葱头发髻，走过来迷迷瞪瞪，说话毫无温柔，机灵起来眼珠骨溜溜乱转的白百何那样的姑娘，倍感亲切。有一天，小白也可能走成国际范，像跑到纽约游学的老徐一样。至少现在,她是中国特色"我最心爱的姑娘"。

对对,就是汪峰那首歌,别问我中国人爱她是为什么。

如何嫁给一个美国总统

上个星期,在奥巴马总统接受搞笑访谈节目《两棵蕨类之间》时,喜剧明星兼节目的创始人 Zach Galifianakis 故意说奥巴马是一个书呆子(Nerd),而这位美国总统的回答是:"如果我是一个书呆子,米歇尔怎么会嫁给我呢? 不信你去问问米歇尔。"似乎米歇尔是他信誉的保证。

我其实一点不好奇奥巴马是不是一个书呆子,我更关心米歇尔是如何嫁给他的。

与混血儿奥巴马相比,米歇尔才是血统纯正的非裔美国人。她的高祖杰姆·罗宾逊曾是一名在南卡罗莱纳州乔治敦市弗兰德菲尔德种植园中辛勤劳作的奴隶,他死后葬在了专门埋葬奴隶的坟地里。 米歇尔的父亲是一名为芝加哥市政府工作的锅炉维修工和水管工,母亲是学校的一名秘书。 她的家庭是美国最普通的工薪阶级,根据美国媒体报道,她小时候生长在芝加哥南部的蓝领聚集的非高尚区。 奴隶制的南方,奴隶们集体住的木屋通常刷着白漆,有些木屋连窗子都没有。 从美国非裔奴隶的小白屋走向白宫,整整用了五代人。 米歇尔是这段漫长而艰巨的行程的唯一实现者。

从草根阶级向精英上层阶级的流动性，也就是人人都有均等成功的机会是美国梦的核心部分。这个梦，相比总统奥巴马，米歇尔是更好的代言人。

米歇尔在一次讲演中，提到过自己的父亲。她说父亲在生了一场大病之后，还要坚持工作，每次出门之前即使手脚不灵便也要自己穿衣服。她说她看到那个景象，深为感动，说他是她的榜样，因为他一直辛勤地工作和生活。据说，在米歇尔兄妹两个人出生后，母亲为了照顾他们就再没有工作，一家四口人都靠工薪阶级的父亲来供养。同时，他们从小家教甚严，举一个例子，他们每天只被准许看一个小时的电视。有点像我们中国父母的管教方式，我敢保证，这一个小时的电视内容还必须是少儿节目或者动画片。总之，一个并没有受过高等教育的父亲、一个蓝领阶级的家庭，却培养出了两名普林斯顿的毕业生——米歇尔和她的哥哥。米歇尔从小学业优异，跳级，读为天资聪慧的孩子们准备的天才班，最后进入哈佛法学院，得到了法律博士的学位。

简单地概括一下年轻的米歇尔姑娘吧，她就是我们从小听说的，那种县级、市级高考状元、女学霸。学霸最后一直通关成为女博士。

从哈佛法学院毕业之后，米歇尔事业发展顺利。她先在一家全美排名第六的大律师事务所做律师，几年后成为芝加哥市长助手，负责城市规划和发展，之后她成为一家非盈利机构的执行董事……在奥巴马当选为美国总统前，她是芝加哥大学医学院的副院长，同时还是几个机构的执行董事。2006年她做副院长的工资是二十多万美元，加上其他的职务的收入，大约四十多万美元。在大选时，她比丈夫挣得多就已是美国人津津乐道的事。

她和奥巴马的相遇是在律师事务所时，学霸米歇尔当初只是选择了一个跟着她实习的实习生约会而已。北美有过实习经历的人都知道，在一个有正式职务的公司员工眼里，实习生不过是一个学生，一个小屁孩儿。更何况米歇尔是一个年轻气盛的女律师……但是，当年学弟奥巴马追求得很真诚。

在米歇尔所有的才能中，我最崇拜的是她做妈妈的本领。她在一次接受采访中说，她的两个相差两岁的女儿玛利亚和莎莎都是由她一手带大，她从来没有请过保姆。她并没有像很多美国中产阶级的太太们生完孩子之后留在家里成为全职家庭主妇，米歇尔的事业依然进展得如火如荼。然而做两个孩子的母亲并不比做一名律师轻松，不请保姆大概是她的穷人孩子早当家的本色吧。每次她需要出差，都会请自己的母亲来看护孩子。她说"孩子是他们小宇宙的中心"，她的两个女儿每次出现，都是一副阳光明媚家教很好的模样。奥巴马经常赞扬妻子，说米歇尔可以把一切安排得井井有条，"她是个高效率的持家能手"。她还会为奥巴马做他最喜欢的番茄蒜蓉小虾。

除此之外，我无法想象一个"和所有的母亲一样，在事业和家庭的双重角色之间挣扎、疲于奔命"的米歇尔如何坚持每天健身45分钟，并保持着"结实饱满的手臂"。为了展示这两条令人骄傲的手臂，她最喜欢穿无袖的背心裙出现在公共场合。《纽约时报》以语言犀利著称的专栏女作家 Maureen Dowd 称赞米歇尔的

"雕塑般的肱二头肌"是"现在唯一一个能令人振奋的'美国力量'的象征符号"。

和"高效率持家能手"及"雕塑般的肱二头肌"相匹配的是把白宫的草坪变成有机菜园子和在美国校园推行"新营养午餐"标准。"新营养午餐"花了总统先生一亿美元的增加性财政拨款。在2010年的《健康与消除饥饿儿童法案》之前,美国大部分学校食堂提供的午餐通常是:急冻比萨饼、急冻炸鸡块、急冻炸薯条、可乐。 2012年,米歇尔宣布了该法案的最终要求后,新的午餐于当年秋季开始推出。 到2014年7月1日,所有的谷类食品都必须为全谷类。 校园午餐的含盐量在未来十年内,必须减少一半。 同时,以往可以吃到的果汁冰棒,今后将改为新鲜水果,披萨饼皮将采用全麦面粉制作,油炸马铃薯块也由地瓜条取代。 这可能是米歇尔为肥胖比例日益增长(目前的数据是17%)的美国青少年们做的最实际的一件事情。 也只有一个真正的母亲,才会对孩子的饮食和健康如此在意。 同她相比,同样聪明、自律、强势的希拉里的母性细胞要少好几个百分点——如果这些特质也可以如选票和支持率来表明。

有一种说法是,当选民们不知道选谁做总统,就选他们的第一夫人。 谁的夫人更漂亮,更聪明,更让人喜欢,侧面也反应了这位先生的能力——能够追到如此完美的女性的男人一定有卓越之处。 这种心态在老布什夫人南希口中得到印证,老布什有两个儿子,哥俩都从政。 有人问南希,这两个儿子谁会成为美国总统,南希说,她不知道这两个儿子谁更像美国总统,但是劳拉更像一位第一夫人。

　　让我们再从社会学家的角度看待这个问题，美国的社会学家们认为，今天美国人的婚姻处在"自我表达婚姻"（self-expressive marriage）的时代，人们把寻找婚姻的对象看成实现更好的自己，完成个人塑造的一个可选择的方式。"是你的存在，让我想成为一个更好的人"，电影《尽善尽美》（*As Good As It Gets*）的这句台词，可以非常好地被理解成志同道合的婚姻的标签。

　　或许这句台词可以变成"是你的存在，让我想成为一个总统"。这是真的，在奥巴马准备竞选总统的时候，米歇尔看过他的竞选计划之后才答应和他并肩战斗。作为一名高层职业女性、律师事务所的合伙人和多家机构的董事，她不但为丈夫的竞选计划把关，更利用她在商界的人脉为奥巴马的竞选筹集到不少赞助。很难想象，没有米歇尔的奥巴马会竞选并且连任成功，总统应该是那个站在第一夫人身边，象征着美国的那个人。

　　同洪晃在南都的专栏中提到的，有75%的中国女人认为"干得好不如嫁得好"。正好相反，米歇尔是美国独立的知识女性的一个代表，她的例子是"干得好才能嫁得好"。看来美利坚不光是人类的希望，更应该是中国女性自我解放的榜样。

　　最新数据表明，有高达64%的美国民众对米歇尔抱有好感，比总统奥巴马高出11%。她的人气一直高于奥巴马，我甚至以为如果米歇尔和希拉里一同参加下一届总统大选，那么将是一场势均力敌的竞选。别忘了，希拉里也是一名出色的第一夫人。

　　如何嫁给一个美国总统？答案是：比总统更牛。

我们需要更多女老板

相对于美国和英国的女权主义者每天声声慢地念叨：我们需要更多的女老板！为什么我们的女性参政比例这样少？ 突破女性职场的玻璃天花板……加拿大相对沉默寡言，因为在加拿大成为女性首长并不是那么难。

先看一下国际大数据。 在政界，联合国 193 个会员国中，绝大部分元首或最高领导人是男性，女性元首或最高领导人大约是 10 位；各国议会中，仅 20% 议员由女性担任；美国《财富》杂志 500 强企业中，4% 由女性掌管，女性只占董事席位的 17%，比 10 年前的 14% 没提高多少。 这段文字是 Facebook 的首席运营官谢丽尔·桑德伯格（Sheryl Sandberg）每次在讲演必背书的一段，她的讲演总是鼓励女性在职场中取得自己应得的平等权益。

不仅如此，2014 年美国 50 州中只有 5 位现任女州长（在 2010 年还为 8 位），仅为 10%，而他们的最大的心病是：虽然第一夫人越来越光彩照人，也出过女国务卿和众议院女议长，却还没有出过一位女总统。 大西洋彼岸的铁娘子执政都是 20 多年前的事了，德国的女总理也当了好几年，唯独是以自由女神为标识的美利坚合众国，到现在还没有出过一个女总统，甚至连女副总统都没有出过一个。

作为和美国分享一条国界线，同时分享不少经济资源以及文化互动的加拿大曾经在 2013 年华丽丽地拿出过 13 个省和行政区中有 6 位女省长的成绩单。虽然这只是昙花一现，但也狠狠地冲击了一下各国女权主义者的心理。到了 2014 年的今天，这个数字又恢复到了 2 位。但目前哈伯（Steven Harper）总理内阁 37 名成员里，有 8 名女部长；加拿大历史上曾经出现过 1 名女总理和 3 名女总督。这还算一份比美国强不少的成绩单。

事实上，作为女性参政来说，加拿大的土壤远比美国的肥沃。

首先是加拿大受高等教育的女性越来越多，加拿大统计局（Statistics Canada）最新的数据显示，加国具有高等教育学历的年轻女性，以近六成比例超过了男性。加国 25～34 岁青年男女拥有高等教育学历比例，十多年前仍以男性占多；到了 1991 年，男与女各占五成；到了 2011 年，女性拥有大学学历比例已高达 59.1%。包括一些传统男性为主的行业，比如医生，目前加拿大的 25～34 岁的女医生数量已经超过男医生，而且许多大学里学工程的女性比例也高达 40%。有社会学教授预测，日后将有更多女性走入过往男性主导的领域，这其中当然包括政界。

同时，因为加拿大在国际事务上的温和中立的形象，以及国内经济和政治局势的相对风平浪静，女性政治家依靠施展自己的"女性影响力"，得到民众支持的机会也越多。有研究表明，女性政治家更倾向于关注教育、医疗保险、劳工条件、移民文化等弱势团体问题，这些问题恰恰是更接近加拿大民生，也是各级政府（联邦到地方省市）需要关注的问题。 女性本身就带有母性关怀和宽容的特性，因此会更容易表达自己的"女性眼光"和细致的执政计划。

简而言之，加拿大政坛无大事，像需要表态和"ISIS"宣战，或者谴责俄罗斯入侵乌克兰这样的机会并不多，即使有，也不会得到国际上更多的重视，因此对希拉里那样在对外军事性中保有强硬态度的女性政治家的需求并不高。

让我们看看加拿大现有女性首长的个人资料吧。

英属大不列颠省（以下简称 BC 省）省长简蕙芝（Christina Joan Clark），她曾在加拿大西门菲莎大学（Simon Fraser University）和欧洲的两所大学攻读政治学和宗教学。 成为省议员后，五年间她曾先后出任官方反对党的环境事务评论员、儿童及家庭事务评论员以及公共服务评论员。 不管承认不承认，成为省长之后，每一次引起我的注意的公开露面都是她对儿童和教育问题的表态。 一次是她因为 BC 省一名父亲杀害了自己 3 个年幼的孩子。 凶手父亲的暴力倾向在之前已经有所端倪，并引起过社会工作者和学校的注意，但因为社工和保护儿童机构没有采取有效的措施引起恶果，她曾经出面道歉。 最近一次则是 2014 年 5 月，在省会维多利亚市，省长简蕙芝把道歉书递交给华人代表，向历史上 BC 政府对华人的不公待遇而道歉。

加拿大另一大省安大略省的女省长凯瑟琳·韦恩（Kathleen Wynne），她是北美首位公开同性恋身份的女省长。 在成为省长之前韦恩曾任安省政府教育厅长、运输厅长、城建及住房厅长、土著事务厅长等要职。韦恩担任地方官员期间，不惧公开自己的同性恋倾向，还争取同性恋权益。从她现有的履历中已经可以看出，她过往的政治生涯和教育、少数族裔与弱势群体（同性恋和土著）有着密不可分的关联。

我来总结一下加拿大女性政客的基本条件吧：

首先，要有高等学历，政治、法学、经济相关专业更好。

其次，担任市长或者省长这样的地区长官，最好是本地出生本地长大。从上两位女省长的经历也可以看出，她们的竞选广告上一定会写着：生与斯长于斯心系于斯。(Born and raised in BC)

再次，容貌端正，多少也是中上之姿。这一条也适用于男性政客，和各大上市公司的男女高管。

最后，对政治有着坚定而卓绝的信念。BC省和安大略省女省长都有超过20年的从政经历，都是铁杆政客。

这几个条件在加上关注教育、环境、移民和少数族裔弱势群体权益这样的"女性政治路线"几乎可以放逐四海了。希拉里早年读书期间，就曾经为贫困家庭的儿童、外来移民工作。在成为第一夫人后，她曾经担任"全国健康保障改革计划"的倡导者，还发起了"儿童健康保险计划"和"领养及安全家庭计划"。再比如英国的铁娘子撒切尔夫人，她在1975年成为党魁之前曾担任教育和科学大臣，再之前她则出任过影子内阁的环境大臣和养老金初级大臣。然而英美的女政客除了有这些"女性政治路线"为基础，还需要有强硬的政治手腕和外交事务的态度，或者更出位的言行（比如美国副总统候选人，及阿拉斯加州州长佩林），但这些对于加拿大女政客却不是必需，她们往往以相对温和、可信、待人待物果断从容而深受各位欢迎的面貌出现。

也就是说，当加拿大女性政客具备以上几个条件之后，成功的几率要比在其他欧美国家的几率要高。

2013年7月，加拿大政坛上曾经出现过13个省和行政区有6位女省长的盛况，而且这6位女省长占据的都是像BC省、阿尔伯塔省、安大略省这样经济和政治地位都十分重要的大省。虽然一年之内，4位女省长纷纷离职，渥太华大学的政治学教授玛侬·唐布雷说："加拿大去年七月的'盛况'实属偶然，加拿大在女性从政当政方面并无可炫耀之处。"但在我看来，虽然加拿大在女性从政方面并无可炫耀，但一度出现近半数女省长的情况并非偶然。只不过，加拿大的女政客还不够争气而已。

6位女省长之一阿尔伯塔的女省长雷德福（Alison Redford）是因为去年参加曼德拉葬礼，差旅费过高而引咎辞职。还有今年夏天，温哥华的华裔5届省议员关慧贞因为全家用公款出游被曝光被要求辞职，她们或者败于个人修为不够，或者败于政治经验值还不够丰富，而非社会给与女性从政的宽容度和机会不够。

我说的都是真的。现任BC省的素里市女市长瓦茨（Dianne Watts），已经连任3届也表态说不再连任，但是前段时间听说，因为没有人对这个职位感兴趣，她有可能只能继续连任。还有一位老太太，名字叫黑兹尔·麦卡利恩（Hazel McCallion），她担任过11届市长历时31年，她执政的城市还不是只有5 000人那种山窝窝或者北极圈里的冰坨坨，是加拿大第六大城市密西沙加市（Mississauga）。31年，这简直就是一个传说。

所以目前加拿大还没有出现第二位女总统，或者女性国会议员还没有达到40%这样的比例，只能说，是加拿大女性参政的意识还不够，对政治的热情还不够坚贞。

她们宁可当牙医也不肯当总理而已。

外国男人让不让女人付钱

环球时报网转载日本《富士产经商报》10月9日文章，原题是《中国男人不要AA制》。文章作者问住在中国的日本女性："中国的魅力在哪儿？"绝大多数人会回答："中国男人不让女人付钱。"

虽然近年女性在教育程度、职场上晋升都比过去有很多进步，不但女总统比过去多了，就连女贪官都小具规模，但我发现，即便越来越独立的女性在"付钱"上也永远有一道槛儿，尤其是把它和感情相提并论的时候。即使不大声把"钱"字挂在嘴上，但一定是挂在心里，不管是迈着处处怜芳草的长裙，还是穿及膝的藏青色职业西装裙，或膝盖以上5公分的超短裙的不同女性，在这道槛前都会小心翼翼，跨过、跨不过都还意犹未尽。

因为我在加拿大工作生活了十多年的时间，所以总有中国女友问我："和加拿大男人出去吃饭，到底要不要付钱？"这已经不是"加拿大男人AA制吗"这样的问题了，而是她们常遇到一起出去吃饭，但不愿意买单的加拿大男人。

其实这个问题很好回答，那要看和你出去吃饭男生的素质了。像那种出去吃饭，见账单摆上桌，转身去上厕所的加拿大男人，基本上就是加拿大版屌丝。在每个社会中都有喜欢占女生便宜的屌丝，屌丝不分国籍。

在公共关系中，比如同事、同学聚会，大家一起去 Happy Hour（一种周四、周五晚餐前，专门针对办公室同事聚会的打折时间），叫上鸡翅、薯条、鱿鱼圈，喝上一杯，大家都会 AA 制。有时，大家会给最新入职，或者暑假实习生买单，这是一种资深雇员对初级雇员的姿态，和性别无关。

但出门约会，除非事先说好，一般男性主动埋单的机会多一些。而且，男性越是中意约会的异性，就越会买单。AA 制？你可以看看一本美国情感类畅销书《为什么男生喜欢坏女人》(*Why Men Love Bitches*)，它会告诉你："姑娘别傻了。"如果对方出门总是让作为女性的你买单，那答案则是另外一本情感畅销书：《他根本没有那么在意你》(*He Is Not That Into You*)。

可我的那些准备约会加拿大男人、或者已经约会了加拿大男人的女友们，总是在这个问题的漩涡前纠缠不清。她们说："可是书上不是说，西方男人喜欢 AA 制吗？"她们生怕在这件事情上丢了中国人的颜面。我于是专程问了自己加拿大的闺蜜。

其中一个闺蜜出身中产阶级，父亲开着一个美国快餐连锁店，嫁人之前，她飞来飞去地在这些连锁店里做管理工作，她的回答是："约会当然是男人付钱。"在和老公恋爱时，约会到第 7 次，他们一起到附近的一个滑雪圣地度周末。花好月圆，烛光浪漫，晚餐后，男生提出："前 6 次都是我买的单，而且这次酒店也是我支付的，晚餐是不是该你买单了？"该闺蜜当场翻脸，说：

"我爸爸说过,绝不会让我约会一个让女人买单的男人。"于是这个男生不但灰溜溜地马上付钱,而且两年后娶了这个美女。 问她:"你爸爸果然是这么说的?"她说:"是的,我爸爸很早就告诉我,一个男人如果连吃饭买单都做不到,那么他就不是一个绅士。 一个没有绅士风度的男人,绝对不能和他继续交往。"

好吧,我想这个商业上成功的父亲,一定在"付钱"这个行为上参透了男人心理。 一个加拿大男人,如果为女人付钱,至少说明他还有一定的经济基础;其次就是,男人在自己在意的女人面前一定会付钱。 更不要说大英伦传统文化中的绅士风度,你要为女性开车门,让女性先行,怎么好意思让女性买单呢?

这个问题也有不同答案。 比如,我的一个读博士的闺蜜,她的回答就是和男友AA制,虽然不是在餐桌上就分摊,但也说好,这顿饭我付,下顿饭我买单。 她认为,我们都是学生,大家都没钱。 直到一天,她找到我说:"我觉得我和男友不行了。"问她为什么,原来她的生日,男友只送了一件很寒酸的礼物,连生日卡都是一元店的那种。 果然,他们很快分手。 对方——那个男博士飞快结婚,到孩子出生时一算,才知道他是一个在和女博士恋爱的时候脚踏两只船的贱男。

也有AA制的模范女性,比如我的前任女老板。 当时我和另一个加拿大女孩都未出阁,大家出去Happy Hour的时候,老板就拉着我们:"你们将来和男友丈夫一定要AA制,只有AA制花自己的钱才有自由。"请教她和老公如何AA制,首先她老公比她挣得多些,所以在房贷和车贷上,他们是按照收入比例AA。 如果收入比例是 6∶4，贷款分配也如是。 到了每年出门度假，两个人就是你负责机票，我负责住宿，剩下的钱各付各的。 所以老板想买什么衣服，甚至用 400 美金挑染个头发，也都是自己的事情，老公无权干涉。 她说，这样两个人的感情很纯粹，比如说，老公给她买个贵重礼物，或者想带她浪漫一下吃个大餐，她也会更享受——因为那是用他自己的钱真心讨好她的。 是的，他们现在出去吃饭大部分时间还是 AA 制，小孩子吃的那部分由双方平分。

她最华丽最伟岸的 AA 代表则是，当年他们结婚，婚宴的费用按照加拿大传统是女方家长出——对你们没有看错，在加拿大嫁女儿是不收彩礼并且还要赔钱的。 但是，酒水部分是 Open Bar（自助式），不少年轻人就冲着这个自助式酒水去 Happy 的，所以他们两个人支付酒水这部分费用。 结果，她父亲支付了仪式和婚宴费用，而酒水由她和老公平分。

在出门吃饭谁付钱的问题上，喜欢做数据调查的美国人也有自己的报告。 据当代美国社会学协会（American Sociological Association）的一份调查过 17 000 名未婚异性恋男女的报告说，84%的美国男人和 58%的美国女人认为男人应该支付约会中大部分费用。 而 44%的女人则表示，如果发现男人希望她们 AA（或者支付部分的费用）她们会感觉不舒服。

在这个问题上，美国男人内心远比女人们挣扎，他们中 75%的认为女人在约会的花费中应该有所贡献，但是 76%的却表示，如果真接受了女人的钱他们会十分内疚。 这真是面子和里子的问题，这个数据表明，原来大部分男人付账还是面子的问题。

对此约会网站则回答得简单明了，在美国第一次约会中，75%的情况由男性买单。在不知道谁付账的情况下，基本原则是："谁先主动约的人，谁付账。"后一项约会买单准则，基本适用于女性倒追男性。

相对于经济上的 AA 制，加拿大中产家庭的家务活分工更加 AA 制，比如女方早上送孩子，男方就晚上接孩子；女方做饭，男方就要收拾厨房。周末，女方去瑜伽课或者和闺蜜喝茶，老公就会在家带孩子。星期六、日的早上，你在小区游乐场上看到的基本是一群加拿大奶爸，胸前挂着、肩上扛着、手里牵着孩子。彼此打了招呼心照不宣，大家都知道对方家里有一个经济独立的职业女性，至少是个白领，既负责养家糊口，也得负责貌美如花。

再回到中国男人不让女人付钱这件事情上来吧，我其实想问一句，那么中国男人在家做不做家务，带不带孩子呢？据我观察，越不让女人付钱那种越不带孩子。

当然，最差的还要数日本男人了。既不在家里干家务，出门还不负责照顾一众女性，害得日本女人要到报纸上喊：在中国下馆子，每次都有"做女人真好"的感觉。

关于"付钱"这样的事也不能光看表面，反过来，能让中国女人在离婚的时候也感叹"做女人真好"的就太少了，中国男人在离婚的时候也不会和女人把家产"AA 制"，越是有钱的人越不会。

在这点上，还是加拿大和美国男人们比较厚道。

越成功的男人对婚姻越忠诚

高中甜心

第一次对西方婚姻感到震撼是 2007 年,和朋友到美国拉斯维加斯。

这是个被很多电影和赌博、酗酒、犯罪联系起来的城市,在其中的一个五星级饭店餐厅中,我看到周围有不少年纪在四、五十岁的夫妇,他们衣着低调而优雅,头发微微花白,脸上带着十分安逸的表情。显然,他们是专门来度假或是出席会议之后休息。

最近一桌,女人眼角已经有明显的皱纹,她右手端着一杯葡萄酒,左手和对面男士的手在白色的桌布上握在一起。交叠的两只手上,是两只因为岁月磨砺而颜色柔和的金色婚戒。

朋友说,如果这是在中国的五星级饭店,那些拿着老板包的成功男士身边无一例外是年轻美貌,年龄比他们看起来小 20 岁,身高高出半头的女友。你看不到一对年纪相当的中年夫妇十指相扣,含情脉脉地吃一顿饭。假使他们还没有因为小三、小四离婚,也不会把白发之妻带到高尚场所来,这样多丢他们的面子啊！

　　后来，还遇到过一对银发苍苍、风姿绰约的老夫妇，他们的行动略有缓慢，但是彼此相望的目光幸福而绵长。 和他们聊起来，先生说："我们已经退休了。"问他从前做什么工作，他说："我们把美国的连锁品牌 Taco Bell 带到加拿大，当然现在已经转手。"我说，那么你们的一生真的很成功啊，老头依然很帅地说："我最成功的是和妻子一起幸福地走了 45 年，并养大了两个孩子。"

　　如果你认为这个成功观仅仅来自 Taco Bell 加拿大连锁创始人的话，我可以举出更多例子。 因为有一天我惊奇地发现，我工作过的两个大公司的高层，他们的妻子都是自己的"高中甜心"（High School Sweet Heart）。

　　一个是加拿大太平洋铁路（Canadian Pacific Railway）的前总裁 Fred Green；一个是 BC 水利公司（BC Hydro）前总裁 Bob Elton。 这两个公司的总裁都在加拿大的 CEO 收入排行榜居于前 20 名，年薪百万还要加上股权，但他们的妻子却是高中时候的恋人。 Bob Elton 在公司内部大会时，可以公开拿自己的婚姻说事儿，大意就是，我和老婆结婚近 30 年了，其中的秘诀就是"交流"。 在我们的公司工作环境中，重要的也是"沟通交流"。

　　毋庸置疑，大老板敢于标榜自己的婚姻说明：第一，一段白头偕老的婚姻是成功，并受普遍尊重的；第二，为自己加分，一个能够和高中恋人走到今天，且不论"年少时美丽的容颜"是不是还在，都证明了这个男人的责任感、忠诚度和坚定的信念；第三，在这个以家庭为单位的社会环境中，拿婚姻和公事并谈而不招人反感，这反映了社会价值。

这和美国总统每次选举都必然是一场"第一夫人"的竞选一样，当年的战斗英雄约翰·麦凯恩（John Sidney McCain）作为共和党总统候选人和希拉里与奥巴马对抗的时候，他的二婚并不是一个加分项，尤其是以保守家庭价值著称的共和党。

前段时间，温哥华市长 Gregor Robertson 曝出和发妻离婚，并和中国歌星曲婉婷恋爱的新闻，引起小报一系列报道来追究他是不是出轨导致离婚。对此，选民振振有词：如果他不能够对自己婚姻的誓言保持忠诚，我们凭什么相信他对选民的承诺和就职宣誓的忠诚呢？

英国《金融时报》的一篇专栏文章提到圣路易斯华盛顿大学（Washington University in St Louis）的研究者，他们花了 5 年时间研究已婚夫妇（绝大部分双方都工作），发现配偶有责任心的人表现更好，这是因为他们也同样表现在工作中。她说，世界属于有责任心的人。

苏格拉底说，追求正义就需要从公共生活转向私人生活。不管这是不是真理，这是一种从上至下随时被审视的价值观，或者说，正因为它是一个普世价值观，才会被选民们、公司的员工们所拿来要求自己的领袖。

婚姻失败的成本

我的一个加拿大朋友离过两次婚，当他再次准备迎娶一位新娘时，朋友们都劝告他："你第一个妻子分走了你一半的财产，第二位妻子又分走了剩下一半的一半，如果这一次你再结婚又以离婚收场，那么你的退休金都只剩下八分之一了。"虽然他还在继续赚钱，但是按照数学公式这几次离婚的成本就是这样计算的，这还包括他给前妻和孩子的赡养费和生活费。

婚真是结得起离不起，所以结婚，对西方男人来说真的是一件关乎财富未来的大事。

按照加拿大 BC 省家庭法（Family Law）规定离婚时家庭财产分割的默认值为夫妻平分。 只有在法庭认为平均分割家庭财产是极度不公平的情况下，才会做出不平均分割的判定。 其中家庭财产包括：家庭住房、退休储蓄金、投资、银行存款、保险金、养老金、商业所得收益……涵盖了财富的所有可能性。 离婚过程中双方都有权利在合理的前提下，要求对方提供过往财务往来细账，包括银行月结单等，以防止一方的财产被擅自转移。

如果你问普通加拿大男人对这条法律的理解，他们基本认为这是公平的，虽然有些家庭主妇婚后并不工作，在家里操持家务，抚养孩子，但是她们为这个家庭做了贡献，丈夫挣的每一分钱都有她的一半功劳。

在离婚分配财产的问题上，美国和加拿大的情况差不多，虽然美国的每个州也都有各自的离婚法。 相对而言，欧洲对婚姻中女性的保护更大。 比如德国法律规定，老公工资每月按比例打入全职太太账户，老公要为全职太太做家务付工资。

按照西方大部分国家的法律，孩子在未成年前的抚养权属于母亲，而通常由有孩子抚养权的人获得房屋居住权。 在英国，女方在离婚时至少可获得50%的房产权；日本可无条件获得70%的房产权；在法国、德国、荷兰、比利时等欧洲国家，离婚诉讼中，判给妻子的房产权几乎高达100%。

我想西方国家有关离婚的财产平分，以及支付家庭妇女（尤其是母亲）赡养费的法律规定，并不是要提高男性离婚，或者出轨成本，而是出于对女性在社会和家庭中的贡献和生儿育女的认可与保护。 他们认可女性生儿育女的付出，尊重那些全职主妇的劳动，因为在教育和抚养孩子上，母亲通常担负着更重要的角色。

无疑，离婚成本对婚姻中的双方都起到了威慑作用，尤其是对男性，因为他们绝大多数还是家庭的主要收入者。 假如离婚，他们不但要面临妻离子散，同时还要面临严重的财产分割。 所以，越有身份和事业的男性越不愿意离婚。

离婚成本的附加效应是有利于婚姻的。 首先他们更尊重妻子，如果夫妻双方都有工作，他们会分担家务，或者请一个保姆，就是要对老婆好。 其次，对待外遇会更加谨慎，这就是为什么人们通常说：西方男人也有外遇，但是包养小三的基本没有。因为前一条，夫妻双方的地位平等，所以财务上也会相对透明。最后就是，当婚姻出现问题，大家都会极力挽救。

正常的情况下是，西方的中产阶级，一方说，我觉得我们之间出现问题了，或者我觉得在婚姻中不快乐了，夫妻会讨论如何解决。 很多夫妇的第一步是去找婚姻辅导师，靠专业人士来帮助调节婚姻中遇到的问题。

虽然北美的离婚率一直高居不下，但实际上中产阶级和富人的离婚率有所下降，尤其是与相对贫困的人群来比较。《纽约时报》的一篇文章中有数据表明：以没有接受过高中教育的美国人和至少接受了大专教育的人群比，在1990—1994年结婚的夫妇中，"离婚率分别为46%和16%，差距为30%"。

西方教育程度越高收入越中产的人们越怕离婚，反过来说，也越尊重女性，珍视婚姻。

婚姻的马斯洛需求层次

借美国作家雷蒙德·卡佛的成名作《当我们讨论爱情时我们在讨论什么》的句式，当我们在讨论婚姻时我们在讨论什么？ 于我，是讨论一种社会价值观带来的婚姻价值观，讨论在这个价值观下的女性。

在一个"如何打小三"、"婚姻保卫战"这样题材的书籍和影视作品如此火热的社会，中国女性在婚姻中的焦虑感、不安全感恐怕高于其他焦虑。 而尚未结婚的女性只要年过28岁，就被称为"剩女"，甚至因为年纪渐长而被称为"黄金圣斗士"，承受整个社会和家庭的压力。 至于年轻女性，则喊出"宁在宝马车里哭，不在自行车上笑"。 整个中国有一半人——这些女性，都在为婚姻焦虑，不管是已婚的还是未婚的。

正如波伏瓦在《第二性》中说："这是一条险恶的道路，因为人被动、异化、迷失就会成为外来意志的牺牲品，与其超越性分离了,被剥夺了一切价值……这样,将女人确定为'他者'的男人就会发现女人扮演了同谋的角色。"比如喊出"宁可在宝马车里哭"的年轻女性就同谋了这种物化的爱情,乃至物化的婚姻。 婚姻成为一种交换,用年轻美貌来换取富有的物质生活。

但年轻美貌会很快褪色,失去交换价值,在没有更多社会价值观支持和法律保障的情况下,大部分女性在踏入婚姻的那一刻就开始焦虑如何保卫它,以不被更年轻漂亮的同性所取代。

那么为什么要结婚呢? 你可以说为繁衍后代,为了生活中有一个情投意合的伴侣。

社会学家安德鲁·J.切尔林(Andrew J.Cherlin)和历史学家斯蒂芬妮·孔茨(Stephanie Coontz)所记载的,纵观美国历史,民众们共计经历了三种不同的婚姻模式。 从美国建国到1850年左右是"制度化婚姻"(institutional marriage)时代,此时个体农户是最普遍的家庭形式,这意味着美国人对其婚姻的需求主要围绕着吃、住及免受暴力侵害等。"友伴式婚姻"(companionate marriage)时代始于1850年前后,到1965年左右结束。 这一阶段美国婚姻的中心越来越转向了追求爱与被爱等亲密情感和满足性生活的需求。 从1965年左右至今,我们生活在"自我表达婚姻"(self-expressive marriage)的时代里。 美国人日益注重起婚姻中的自我发达、自我尊重和个人成长。

也就是说婚姻模式伴随着一个社会的经济发展,和经济发展不同阶段人的不同需求。 美国心理学家埃里·菲克尔注意到"美国婚姻的历史恰好印证了心理学家亚伯拉罕·马斯洛(Abraham

Maslow）在20世纪40年代提出的经典'需求层次理论'。马斯洛认为，人类的需求可分为五个层次：最低层次的需求为生理健康，包括饮食需求等；其后的需求依次为安全感、爱和归属感、自尊直至自我实现。每一项需求的出现都依赖于前一个更基本的需求已得到满足"。

如果人类的需求和婚姻的关系合理，那么刚刚脱贫致富不久的中国，大部分人的需求是安全感，甚至更低——生理健康的需求。先富起来的一部人和掌握了权势的政府官员，即社会精英，并没有被要求有责任感、忠诚度和个人信用值，所以他们不但没有在婚姻的社会价值中起到楷模作用，反而背道而驰。他们宁可包养几个年轻美貌的小三，也不愿意面对婚姻中出现的问题和白发之妻好好面对。更多的女人和对婚姻的不忠诚度反而是他们炫耀成功的一种方式。

也许，要让中国的女性在婚姻中得到同样的尊重和安全感，需要这三个因素：社会价值观对婚姻的良性影响；法律对婚姻中弱势一方的保护；同时个人对爱情的需求从生理层面上升到精神层面。每个人希望在婚姻中找到的是爱和归属感，是自尊乃至自我实现，不仅仅是物化的交换。

我很悲观，因为这些都需要时间，可能真要到我们能够自己选"第一夫人"的那一天。

谁在 22 岁没有犯过错？

今天看了一篇叫做《奇女子丁佩》的文章，看完之后被半岛饭店、金色跑车、整了容却没有塌掉的脸、十几尊金佛（甚至有一尊贴满水晶）、金煤气灶等 BlingBling 得头昏脑涨。这简直是一部从半岛下午茶搬到阔太太家里的真人秀，秀的是黄金，秀的是家世绯闻，秀的是 68 岁依然妖孽般美丽的身材，秀的是一种以物质包装的成功学：我是人生赢家。

丁佩是李小龙的情人，因为他的死，年轻时的她背负了无数骂名，据说因为被世人所不容也曾几近精神崩溃，几欲轻生。沧海桑田，夜夜惊心，能够勇敢挺过这一切本就应该庆祝，庆祝浴火重生。只是这次与世人亮相，好像只走了一身皮肉，忘了灵魂。提及自己的肌肉和李小龙的肌肉，甚至"可以和李小龙做一模一样的动作"，说"自己不能老是欠李小龙的债要还"……好像这个男人是理所当然要被她挂在嘴上，以一种近似神婆的方式。尤其提到"皱纹满脸中年丧夫老年丧子的李小龙原配琳达"和"加拿大靠卖保险为生的李小龙绯闻女友苗可秀"，突然觉得格外无情，为了搭建一种胜者舞台，还要拉上另外两个女子站台，不管她们情愿与否。

逝者已矣,生者如斯。谁年轻时候没有爱错过人,做错过事?甚至,对错乃是二维空间的定论,如果这个世界真的建立在一座莲花之上,一花一世界,爱谁不爱谁又如何评判。但依然,一个有妇之夫死在你的香闺,对李小龙的家人,对他的妻子怕是双重的伤害。即使时过境迁,也无须拿曾经的羞耻当奖品,光光闪闪赏给自己。

关于谁在年轻的时候没有犯过错这个问题,最近一次最著名的提问者是莫妮卡·莱温斯基(Monica Lewinsky)。今年三月,她在 TED Talks 进行了一次名为"耻辱的代价"的演讲,这次演讲在短短 4 个月中被观看了超过 5 百万次(这还不包括被下载后被其他公司放入自己网站中),也就是说每个月有超过 1 百万的人观看这部演讲。当她面对观众,问"谁在 22 岁没有犯过错的,请举起手来"时观众席确实没有一个人举起手。每个人都有原罪,更主要的是,莱温斯基在大大小小的场合都表示过,非常后悔 22 岁在白宫和总统先生发生的事情,此次也是。

其实,在 TED Talks 之前,世人并没有原谅莱温斯基。毕竟,"染了精液的蓝裙"把政治和性戏剧化到了极致,好像一部"政治黄色小说"。此前,克林顿在世人的心目中是一个出色的美国总统,此后,他只不过是一个有些好色的出色的美国总统。但对莱温斯基的看法却如此单一,妓女、荡妇、鸡……本该更为公正的美国主流媒体则以更为文艺的隐晦方式羞辱她:《华尔街时报》称呼她为"轻佻的小妞"。《华盛顿邮报》给她起外号叫"小胖胡椒罐"。在《纽约时报》上,莫林·道德(Maureen Dowd)

说她"愚蠢"、"掠食成性"。

莱温斯基个人表现也曾矛盾重重,首先她设计了一款手袋,又加盟了一个真人秀节目……这些据说都是为了让自己能够重生,但都不成功。后来她到伦敦政治经济学院学习,得到社会心理学硕士学位。媒体报道:41岁的莱温斯基找工作四处碰壁,不少短暂的感情都因为她的历史而无疾而终。所以目前的她,没有固定的工作,没有稳定的感情,无婚姻和孩子。

把莱温斯基和丁佩放在一起,都爱上过有妇之夫,一个是美国总统,一个是功夫巨星,都引起了爆炸性的新闻。她们都曾那么年轻,22岁、26岁,世界横在貌美如花的她们面前就是一个巨大的充满恶意的陷阱。但她们都坚强地走过那些最苦难的岁月,再次出现在公众面前。

我并不是在比较两位最著名绯闻的女主角,而是比较两个女主角再次出现在公众面前时的不同。

莱温斯基出现在 TED Talks 的时候,身上是一件藏青色没有任何装饰的衬衫,朴素、知性。她身上唯一的首饰是一条简单的由细环穿成的金项链。《纽约时报》的专栏作家采访她时,记下了她在演讲前夜仔细挑选项链的情景,没有任何的渲染,只是仔细。她反复练习的演讲稿已经被改过 25 次之多……她的家人、朋友、律师、公关都反反复复地给她提意见。可以看出,在所有的这一切中她多么的谨小慎微。她之前在"30 个 30 岁以下的优秀人士"(30 under 30s)的聚会上发表过一个 4、5 分钟的演讲也同样:衣着简单,只戴了一对样式平常的耳环。

这些和丁佩的金色短夹克、金色跑车、皮裤、蕾丝超高跟鞋、巨大的红宝、蓝宝戒指所展示的"十分摩登"是一种对比。但是，这远没有她们所想表达给公众的内容差异更大。

丁佩的这次出场是为了自己的新书《我与李小龙》，她想表达的多少是关于她自己。比如"我不是他最后一个女朋友，我是他唯一的女朋友"。还有"百般宠爱集于一身，而且有民国，就有李小龙，有李小龙就会有丁珮。我告诉你什么叫传奇，这个才是传奇。很自然的传奇才是传奇。你如果活在那个传奇里就不是传奇了，那是做作的传奇"。

而这次莱温斯基的演讲则是针对"网络暴力"，她陈述自己是第一个最著名网络暴力的受害者，除了她之外有很多年轻人也在受着网络暴力的伤害。比如因为同性恋行为在网上被曝光而从大桥上一跃而下的泰勒·克莱门蒂（Tyler Clementi）；比如隐私裸照被曝光的一系列包括詹妮弗·劳伦斯在内的好莱坞女星；比如被黑客攻击的"索尼影视"的电子邮件……她质疑为什么"耻辱"会带来这么多网上点击，质疑把个人隐私、个人耻辱变成商业价值、广告收入的社会。莱温斯基变成了一个网络暴力的受害者，但她要为其他受害者而呼，让这个社会重视这种伤害。

在 TED Talks 的演讲现场，嘉宾为莱温斯基的演讲给与了起立鼓掌的致敬。美国公众媒体，深夜秀节目主持人大卫·莱特曼（David Letterman）公开表示自己为曾经嘲笑她感到后悔；另一个政治脱口秀主持人比尔·马赫（Bill Maher），则表示他非常内疚。这些都是当年讽刺莱温斯基最不计后果的人。

为什么两个都深受"桃色事件"之苦的主角再次出现在公众面前如此不同。一个是我是富太太,我修佛,我是传奇;另外一个则是,我年轻时候犯过错误,但是我今天站在这里是为了其他受过同样网络暴力的人呼吁。我觉得任何把所有压力,所有舆论都指向个体的个人行为,尤其是两个当年同样自持美貌,年少莽撞的女子身上,过去不对,今天更不对。

她们的不同出场方式某种程度恰恰是两种社会价值观的不同。莱温斯基要再次融入这个社会,她需要真诚地认错(诚信的一部分),她同时要把这件事情和公益相结合,网络伤害的不仅仅是我,还有更多年轻人。后面这部分才是关键,一个为社会造成过负面影响的人,今天希望带来积极正面的影响。

丁佩的做法则是,真诚地把你带到她的半岛,她的富丽堂皇的家中,让你看她没有一丝皱纹的面孔,没有银丝的黑发。甚至她的修佛,没看到"普度众生"的慈悲,收集金佛像的爱好,也不似佛家那般"一切皆空"。然后媒体表达,"她是一个奇女子"。这种强悍的做派看着多么眼熟,好像刘晓庆,每次出场都是假面妖姬戴硕大翡翠,后面有一片呼声:这是强者,我的偶像。也好像郭敬明,虽然对剽窃的历史从未道歉,但是《小时代》粉饰得一片金碧辉煌,让无数人视为偶像。前两天还有一个70后大叔为了向90后女友求婚,专门营造了小时代的场景,因为那才是她心中最美的爱情结局。

好像今天赢得中国大众的唯一切入方式就是:我有钱,我整得美,我成功。

钱可以洗白一切历史，一切伤害，也可以使人忘记生命中那些悲哀，身边的那些苦难。有一天这个社会都"笑贫不笑娼，笑贫不笑窃"，钱成为正确的标准，才是更让我们担心的。

无论如何，丁佩姐姐的佛还要继续深修。

不要因为她的成功而恨她

2011 年成为福布斯"世界上最具影响力女性排行榜"第 5 名时,谢丽尔·桑德伯格不相信自己该排在米歇尔·奥巴马和索尼娅·甘地(印度国大党主席、团结进步联盟主席)之前,她对前来恭贺她的同事说这个排行榜是"可笑的"。当朋友们在 Facebook 上转发这条新闻,她请他们删掉链接。总之,她反应过激,有点像我们当年的女班长,面对"最佳班干部"的评选结果满脸通红,用手堵住耳朵,好像你再夸她一句,她就会流下眼泪。

她好像希望逃离一种荣誉。

2014 年,谢丽尔名列同榜第 9 名,米歇尔·奥巴马是第 8 名。这次她大概不那么难受了,因为她的母亲不会像上次一样打来电话说:"亲爱的,我的确认为你很有影响力,但跟米歇尔·奥巴马比就很难说了。"事实上,连谢丽尔的母亲都不认为她具有这份影响力和荣誉,生怕她被人当成笑话。

虽然排名降低,同 2011 年相比,谢丽尔·桑德伯格显然更具影响力了。2013 年 Facebook 上市,使她成为一名科技亿万富翁。同时,她在 TED Talks 上的讲演已有近 500 万的点击,2013 年出版的畅销书《向前一步》(*Lean in*)为她带来了数以百万计的粉丝，这其中还包括像雅虎 CEO 玛丽莎·梅耶尔和歌手碧昂斯这样的超级粉丝，还有数以千计帮助女性提高职场发展信心的社团以"Lean in"命名。索尼公司也买下了《向前一步》的电影版权。

可以预见，电影《向前一步》会把谢丽尔拍得比她的上司 Facebook CEO 马克·扎克伯格在《社交网络》中正面，因为她已成为职场女性的新教主。

诋毁她，会让女粉丝们有砸场子的冲动。

招摇撞骗的感觉

谢丽尔对福布斯排行榜的反应，和她读书期间得到奖学金的故事同出一辙。

在哈佛读书期间，谢丽尔曾获得了一笔未公开的奖学金，其他的获奖同学都是男性，他们很快在班里公布这个消息——这当然是值得炫耀的事。只有她，一直保守这个秘密，到毕业也只有她的室友兼好朋友知道她也获了奖。

为什么希望获得的荣誉不为人知，不愿意朋友在 Facebook 上转发呢？谢丽尔在她的《向前一步》中有所思考。她大学时听过帕吉·麦金托什博士"招摇撞骗的感觉"（Feeling like a fraud）的讲演，她解释道："很多人尤其是女性，当她们所取得的成绩被人称赞时，会感觉那些称赞是骗取来的。她们常常感到自己不值得被认可，不配受到称赞，并心存负疚，就好像犯了什么错。"

这种现象也有它的学名"冒充者综合征"（imposter syndrome）。男女都会出现这样的症状，但女性会更严重，也会更多地受其限制。著名美国喜剧演员蒂娜·菲（Tina Fey）也承认自己有这样的感觉。她对一家英国报纸说："冒充者综合征总是让你在两种感觉中摇摆不定：要么自我迷恋，要么就会想'我是一个骗子！他们都中招了！我是一个骗子'。"

对女性来说，"感觉像个骗子"说明的则是一个更严重的问题，她们始终在低估自己。各项研究都表明，女性对自身表现的评价普遍低于实际情况，而男性则过高地评价自己的表现。希拉里在 2014 年环球"女性与发展"的讲演中也同样提到过，当她对自己的女性下属说，将提议让她升职，她们的第一反应都是："是吗？我怕自己不能胜任？是不是还有更合适的人选？"如果升职的是一位男性，他们的第一反应往往是："我一定会做好，没有人比我更胜任这个职位了。"不仅仅如此，当一个女性成功，她往往要把功劳归结于外部原因："运气不错"，"大家的帮助"，"自己真的非常努力工作"；而男性更愿意归功于自己的"天赋"。

谢丽尔也在这种感觉中摇摆不定，她一方面为哈佛毕业生讲演，为鼓励女性在职场坚持梦想而讲演，一方面，当女性影响力榜上有名，她会怀疑自己是不是名不副实，是不是成为了一个国际笑话。同样，她一直在抵触女权主义者这样的称呼，也不愿意承认自己从小就有一个"领导的风范"，她觉得"谁愿意听到自己从小就喜欢指挥别人呢"？但一个男性肯定愿意在自己成功以后，听到别人说自己"从小就有'领导力'，从小就有某种预示"。这也源自女性自我怀疑的某种心理暗示,女性的不安全感。

谢丽尔在 TED Talks 的讲演被命名为《为什么我们的女性领导者那么少?》。但她的朋友和同事(不管男性还是女性)都警告她职场讲演会伤及她的事业,"因为她会被外界称为一个'女性首席运营官'而不是一个真正的企业运营者"。换而言之,她会成为"异类"。

但,她从进入硅谷开始就应该是一个另类。

一次她到硅谷开会,非常正式的会议室,并无异样。会议休息时,会议主持人突然很难堪地发现这里没有女洗手间。谢丽尔注意到这家公司并不是刚刚搬进来的,于是问主持人,对方回答:"过去一年,可能没有女性来这里开过会,或者她们并没有用过洗手间。"一路前行,她目睹了职场中那些优秀女性的离场,体会到科技公司带给女性的孤独感。

很难了解谢丽尔在男性心中是什么样的形象,作为一个可能是硅谷最成功的首席运营官,一个身家超 10 亿的科技富豪,2011年她登上《时代周刊》封面,标题是"不要因为她的成功而恨她"。

让我们做个假设,即便谢丽尔没有质问过"为什么女性领导人那么少"? 硅谷也不会忘记她的性别,人们通常对一个成功的男性充满好感,但是认为一个成功的女性不那么令人喜欢。这种质疑,恰巧和女性的自我质疑重合。也许女性的不自信,真正源于自身和社会的双重怀疑。

女性，往往是从自身的感知来观察这个广瀚的世界，也是从自身的弱点中发现同类的弱点。今天能够继续在各种场合鼓励女性追寻自己职场梦想、勇敢向前的谢丽尔，曾经也是一个有着"招摇撞骗"的不真实感的姑娘。

让你的另一半成为你真正的"人生搭档"

从小学习成绩优异的谢丽尔格拥有一份无敌简历：哈佛大学经济学学士，MBA。MBA毕业后她曾任克林顿政府财政部长办公厅主任。当她移师硅谷，曾任谷歌全球在线销售和运营部门的副总裁。2008年至今，谢丽尔是Facebook的首席运营官，她加盟3年后，网站员工人数从130人增加到2 500人，全球范围内用户数量从7 000万增长到7亿，盈利从"有进无出"到每年收入数亿美元。

谢丽尔还是两个孩子的母亲，有着一个和睦美好的家庭，她的丈夫是前雅虎的音乐副总裁。

这一切看起来如此完美，然而她只是在不完美的世界中给自己创造出一个完美的位置而已。在普遍存在男女求职上的不平等、性别偏见、性别歧视的世界上，美国可能是男女相对平等的国家之一，但依然在绝大部分职位上存在同工不同酬的情况，女领导人就更少得可怜。Paypal创始人之一大卫·萨克斯（David Sacks）说过："如果世界上真的有任人唯贤的事，那它一定发生在硅谷。"但就是在硅谷，在最致力于鼓励女性员工的公司谷歌和Facebook（也恰巧是谢丽尔·桑德伯格工作过和正在工作的两家公司）他们的男女员工比例都为7∶3。

如何突出重围？谢丽尔在 TED Talks 讲演简明扼要。第一，女性要争取自己能胜任的职位和应得的薪水；第二，找一个愿意和你平等相处的伴侣，共同分担家庭和养育孩子的责任；第三，在得到自己梦想职位前"不要提前退场"。

"让你的另一半成为你真正的'人生搭档'"也出现在她的书中。这一章节不但极具建设性，还更容易被绝对相信"嫁人是第二次投胎"的中国女性接受。谢丽尔建议女性找到一个尊重她们的伴侣，因为"这类男性会认为女人应该聪明、有主见、有事业心；他们会重视公平，并做好分担家庭责任的准备"。

梅丽尔·斯特里普领衔主演的《铁娘子》有一个情节，当撒切尔先生向玛格丽特求婚时，年轻的玛格丽特说："可是我喜欢政治，我不太会做家务……"她先生阻止她说："你知道我不在意这些，你还可以从事你的政治。"

谢丽尔自己就找到了这样一位伴侣，她的一个女朋友甚至在选丈夫时特地设置测验，来观察对方是不是支持自己的工作。这也是谢丽尔女性智慧的一面：想成就自己的理想，并不一定要和男性成为对立面，而是应该得到自己另一半的支持。

在纠结了很久之后，这位成功的运营官在书中自豪地宣称自己为女权主义者，这一次为女性追随自己的理想和职场成功的女权主义浪潮显然不是以男性为敌，而是要把他们拉到拉拉队兼后勤部中。

当越来越多的男性发现，只有准备平等地做家务、照顾孩子、陪孩子做功课,才能找到像谢丽尔·桑德伯格这样才貌出众的老婆时,也许男女在职场上的比例和成就就会接近了。

而且,"家庭也会更和睦",这也是摆脱了"招摇撞骗"的感觉,成为教主的谢丽尔的亲身总结。

离婚后，她才进入百万版税俱乐部

著名的美国女作家伊丽莎白·吉尔伯特（Elizabeth Gilbert）无疑是一个深度婚姻质疑者。她曾经说过：已婚男性活得比单身男性长久，已婚男性比单身男性更容易积蓄财富，已婚男性更是比单身男性死于一场暴力打斗的机会少得多。已婚男性已经在很多调查报告中被证明比单身男性快乐，而他们比单身男性酗酒、吸毒、患忧郁症的几率都要低得多。

但是相比之下，已婚女性似乎比单身女性的事业发展要差；她们比单身女性得忧郁症的要多；已婚女性的健康情况好像比单身女性的要差……近些年证明，已婚女子死于暴力事件的比单身女性要高，而且大部分是死于她们自己丈夫之手。

总的来说，在伊丽莎白看来，一场婚姻中，相比女人男人要"赚得多"。虽然女人们步入婚姻，都是十分天真地相信爱情会给她们带来快乐，和生活的意义，但是她们最后很多都患忧郁症了。

但即使是这样一位"深度婚姻质疑者"却结了两次婚，而且第一次婚姻的失败使她成为美国"百万版税俱乐部"的作家之一，第二次婚姻，让她可以"手捧着一杯红葡萄酒，然后看着一个男人在厨房里忙前忙后"。

我并不是想证明伊丽莎白的表里不一,因为到现在她还是不迷信婚姻。我想说的是,只有不依赖婚姻和另外一个人给你快乐,时时充满自省能力,和自我修复的女子,才能真正拥有自己和快乐。

听说过伊丽莎白·吉尔伯特的人一定听说过由她的同名原著改编的《美食、祈祷和恋爱》,在那部电影中,大嘴美女茱莉亚·罗伯茨扮演的美国女作家,因为失婚而离开美国,到处旅游,寻找自己并寻找到一段爱情的故事。

这是一部自传体小说,和伊丽莎白的个人经历几乎重合,甚至她和茱莉亚·罗伯茨长得都非常相似,都是金发碧眼,都表面看起来大大咧咧。

第一段婚姻,伊丽莎白似乎生活在一种优裕中,时尚的衣饰和周末的聚会,朋友优雅的谈吐和举止,无一不指向美国中产阶级的梦想境界。但是内心,她会怀疑,"我并不适合婚姻,我根本不觉得自己和生孩子有什么关联。"结束这段婚姻,似乎没有太多的曲折,但是她自己在反复的怀疑中,甚至有过自杀念头,也真把刀架到过自己的手腕上。

最后,她把自己的物品锁在租来的仓库中,背着行囊就去旅行。像这样说走就走的旅行,我在加拿大时也常听说。一个生活看起来过得很好,每天不用上班,就是送接孩子的女子。有一天,对老公说:"我觉得已经失去自己了。"然后就离婚,接着"Finding Myself"去了。

我也常常听一些经历过挫折或者成功的朋友说，我要去"Finding Myself"，然后就放下一切，出门旅行了。似乎旅行是寻找自己最好的途径。我其实没经历过"失去自己"所以对"寻找自己"也没有什么概念。不过我对"Finding Myself"抱有敬畏之心，敬畏到，每当小女儿一定要找到那只灰色的小猫才肯睡觉，我一定翻天覆地地帮她找，这一定是象征着她生命中的某种图腾吧，或者就是她自己，我这样想。

回到伊丽莎白的寻找自己之旅，她去了印度、意大利、印度尼西亚、巴厘岛……她在印度尼西亚碰到一位先知，他看到她就说"你终于来了"。她从此也感觉到心里的宁静，就是"功夫熊猫"的龟大师说的 Inner Peace。随后，她在巴厘岛碰到了她现在的老公。

这段故事就是《美食、祈祷和恋爱》，美国人民的心灵教母奥普拉在她的读书节目中专门推荐了这本具有治愈功能的书。此书不但成为纽约时报 Best Seller，而且在电影票房上也非常成功。成功的伊丽莎白在纽约的郊区小镇买了一幢镇上最贵的房子，这幢房子有一层阁楼，被她自己叫做"Sky room"，是她的工作室。

2014 年，伊丽莎白准备卖掉这座房子，才使照片外泄。每一次看到这座房子的照片，尤其是那工作室，我就会萌生成为一名畅销小说家的愿望。

我相信这次旅行一定让伊丽莎白找到了自己的内心，否则她不会写出一本畅销小说，并且收获了爱情，最后还嫁给了自己的老公。虽然她自己说这是出于无奈，因为她老公，那个巴厘岛的宝石商人，在屡次出入美国探望伊丽莎白后，被移民局扣押。移民局说，除非他和一个美国公民结婚，否则，他将不能再出入美国。

好像张爱玲《倾城之恋》的桥段，被一个移民政策过于严厉政府的关押，成全了"巴厘岛宝石商人"，或者说伊丽莎白自己的一段婚姻。

如果《美食、祈祷和恋爱》治愈了很多处在婚姻边缘、失去自己的女性的话，伊丽莎白在TED演讲上的一次关于《呵护创造力及减轻创作压力》的演讲，则治愈了很多作家和文艺青年的焦虑。

在伊丽莎白二十多岁未成名时，人们说："你不怕永远都不会成功吗？你不怕持续的拒绝会把你击垮吗？你不怕努力终身却一无所成吗？你最后会在支离破碎的梦想中绝望死去，满含着失败的痛楚，我当时一直得到诸如此类的质疑。"

到她的书成为全球畅销书，拍成著名电影，他们会非常忧虑地过来跟她说："你不怕吗？不怕你这辈子都超越不了那本书了吗？""你不怕你会这样写一辈子，却再也写不出世人热爱的作品了吗？"

伊丽莎白当然也会提到那些在创作压力下心绪极不稳定的作家们，那些在英年就因为惧怕失败而自杀的作家们。针对各种压力，她清醒地知道"我必须要创造出某种心理保护机制，我必须以某种方式，建立起一个安全距离区别开写作本身"。说白了，就是要找一个借口安慰自己。

于是她从古罗马找到自己的心理保护机制,"古罗马的人们相信,创造力是一种神圣的守护精灵从遥远而不可知的地方来到艺术家身边,带着某种遥远而不可知的目的。希腊人普遍地称这种伴随着创造力的守护精灵为'守护神'"。

当人们不再相信灵感来源于自身的生命,而像一个爱神,一个精灵一样在天空飞来飞去,你只要伸出手抓住它的时候,就不会再用咖啡、烟酒,甚至大麻、毒品逼迫那些灵感从自己枯竭的思想中飞逸而出了。

伊丽莎白为自己,为自己终身喜爱的事业找到了守护神,那就是"艺术创作之神"。

最可爱的是,她还举了好几个例子,一个是女诗人在厨房里写诗,抓住了一首诗歌的尾巴;一个是音乐家在高速上开车,祈求那只飞纵即逝的灵感之神等等他。这些,好像是创作者们为自己写的童话,然后由吉尔伯特非常认真地在 TED 演讲中大声地说了出来。

我们很多人这一生都可能不会遇到失婚的痛苦,或者到达事业巅峰后时刻面对下坡的那种凄凉状况,但是这并不意味着我们不需要时时自省,并具有自我修复的能力,自成治愈系。

比如伊丽莎白·吉尔伯特,一个离婚后,出门旅行写成了百万版税的畅销书;面对事业可能下滑的压力,告诉自己有一个古罗马的神灵。

一个人既有金发碧眼女子表面的大大咧咧,又有东方女性信神信灵的敏感和天真,才可以这样自信快乐吧。

邓文迪不必优雅

2013年底,好像没有比邓文迪和默多克离婚更为精彩的狗血剧了,各种说法漫天飞——她和布莱尔的绯闻,她到底分了默多克多少房产……媒体更是一片兴高采烈,新华网上的专题上竟用了"邓文迪的人生:野心不是罪"这样的小标题。

还有一篇传播甚广的文章中,把邓文迪过去穿过的礼服全部翻出来排列,并引用她自己的话"常常还要打电话问默多克'我穿什么?'"来证明她的品位之差,历经14年也没有多少进步,说她"机关算尽,也和优雅无关"。

让我来总结一下,她所招之罪名:野心家、机会主义者、机关算尽一场空的拜金女郎,不优雅不美丽。

应该说她是集了各个阶层的千愁万恨于一身的女子。具有大中国情结的爱国者怪她嫁了一个外国人,而且是一个那么老的老外,而且还那么有钱。和她成为朋友又断交的章子怡不正是因为犹太裔前男友而得到"国际章"这并不是赞美的称呼吗?有道德正义感并具有男性沙文主义的人们认为她太功利,野心太大,嫁给那么大年纪的男人能是为了爱情吗?即使她当年飞掌护夫曾暂时安慰过他们男人主位之心。当然她更是女权主义者的眼中钉,因为她用的是一把年轻的身体换取了嫁给有钱人这样直接的利益，更何况她还是一个小三；翻翻家底，她还是一个惯三……但当他们把各种崇高的道德感、归属感放下时就和那些打酱油的八卦群众一样，会尘埃落定地说一句：而且她长得一点都不漂亮。

好吧，她不是美女，而且出身普通。 在如何打败小三、看牢丈夫成为主妇们最热心研究的课题，在各种成功学摆满书店，在《甄嬛传》这样的宫斗剧风靡华语世界，各种唯利是图各种勾心斗角被大家熟悉甚至宽容的今天，大家却对她的一边倒的批评甚至是挑剔，正是我困惑也为她不平的地方。

我也同样困惑过，为什么像戴安娜这样资质平凡的女子一旦成为王妃后就受到万人宠爱，甚至她一次一次出轨，还永远有人为她辩解——那是因为查尔斯心中另爱其人。 在我看，她不过是一个刻意减肥不惜将自己饿得晕倒、喜欢华服也喜欢出风头的平常女人而已。 虽然她也探望过得艾滋病的孩子们，但依旧仅仅是几分钟的探访，况且作为王妃，慈善事业是她的工作之一。 大部分时间，她出现在各种媒体的彩页上，从她嫁入王室到去世的那些年里，戴安娜是美国时代周刊出现最多的封面人物。

除了美貌和会穿衣服，戴安娜似乎在年轻时代不曾努力读什么书。 据说读书太少，修养不够也是她和丈夫查尔斯无法深入沟通的原因之一。 在和王子谈恋爱之前，戴安娜只是一个幼儿园的年轻老师，连大学都没有读过。 传说中的各个情人，从马术教练、到富商之子也口味不一让人摸不着头脑。 但是，她的崇拜者遍布世界各个地方，大家都说，她如此美丽，优雅。

另外一个让我无法理解的公众人物是玛丽莲·梦露,因为她的性感美貌和"孩子般的天真"到今天还有无数人纪念她。她对人类无所贡献,作为一个电影演员也没什么出众的演技,到后期甚至连台词都记不住,但是她却有无数的影迷。电影《我和梦露的一周》中有一个镜头,教父转告英国女王的话:"(梦露)作为一个世界上最有名的女人,是什么感觉呢?"在顶峰时期,梦露名气确实可以和英国女王一比高低。

世人似乎对那些容貌出众的女子充满了偏心,容忍她们的简单、鄙俗、任性甚至过错。如果她们因为爱一次又一次冲昏了头脑,那么对她们的偏爱更甚。但是对那些严肃努力而目标如一的女性,如果长得不符合大众品味,不会在公众场合高贵地登场,那人们对她们简直就是苛求。

我觉得中国人在这一点上更甚。就拿日本 AV 女优苍井空在中国成为各大网络公司年会上的嘉宾这件事就可以证明:美貌、性感,就会有人追捧。还有社会上对女博士们在婚恋选择上的集体歧视。在每个成功,相貌还过得去的女性前面都要加上一个"美女"前缀,比如"美女 CEO"、"美女主管"、"美女作家"……Yahoo 女总裁梅耶尔上台之后,敢拿"美女 CEO"这样的头衔直接称呼并作为标题的,大概只有中国媒体。你有没有觉得,在每种成功的身份之前加一个美女,其实不是赞美,而是变相的一种容貌歧视吗?或者,以貌取人?

当然,以貌取人的这种心理倾向是人的一种心理本能,在心理学上被称为"首因效应"。它是指当人们第一次与某物或某人相接触时会留下深刻印象，个体在社会认知过程中，通过"第一印象"最先输入的信息对客体以后的认知产生的影响作用。据说这种心理倾向会随着人的年龄增长，心智的成熟而慢慢趋于平缓，这也是为什么年轻人喜欢"偶像派"比较多，而中年人在选择喜欢的歌手的时候会更多地选择"实力派"。

但历史学家会告诉你，以貌取人在中国其实有悠久的历史，以貌取人这个词本身就出自西汉司马迁《史记·仲尼弟子列传》。唐代选用官吏提出了以"身、言、书、判"为标准，对身高等等有了比较具体的标准和要求。到明清选官中的"以貌取人"被强化，在官员的考核中，容貌的评价竟占到了六分之一。

至于国外，加拿大《环球邮报》报道，调查表明90%的人认为容貌漂亮对事业会有所帮助。而加拿大大公司在大学毕业生中校园应聘的时候，虽然GPA（大学成绩的平均分）是第一考虑的因素，但最后选中的新员工很少有相貌丑陋或气质不佳之人。英国《卫报》最近的一篇文章中表明在接受调查问卷的16～24岁的年轻人中，有四分之一认为人们会根据他们的形象评价他们，甚至影响他们的事业。作者Kate Hardcastle讲述自己在13岁时因为带牙箍和眼镜受到其他女生的嘲笑和排挤，所以非常害羞并且容易畏惧，这严重地影响了她的自信心。

Kate Hardcastle还说，有3/4的女性一生都不同程度地受到过排挤或者欺辱（bullying），而这些也是一些女性的自我伤害和自杀的原因。作者认为帮助他们改进形象，会提高这些女性的自信心，乃至为她们的事业带来好的影响。但是我认为，这件事应该有更深层的思考，因为大部分年轻女孩被欺辱首先是从她们的容貌开始，如果不是因为她们长得漂亮太受欢迎，就是因为她们长得不够美可以让别人耻笑。整个社会对外貌的重视，对年轻女孩的人生目标和自我价值的定位，简直是一种误导。

我们还都记得西蒙·波伏娃著名的《第二性》中："我们并非生来为女人，我们是成为了女人。……而是因为他人对这个孩子的影响几乎从一开始就是一个要素。于是她从小就受到灌输，要完成女性的使命。男性亦然。"这是这本书的最重要的观点。当社会把女性的外在形象看得如此重要，甚至因为美貌把她们一直供上神坛，那么对所有那些正在成长中的女孩的影响将是什么呢？她们会成为什么样的女人呢？或者说，为什么今天中国和亚洲地区整容的比例那么高呢？是不是我们对美貌的要求太趋之若鹜，到了一种扭曲呢？

比如对邓文迪来说，她穿礼服优雅不优雅干卿何事？我们需要把她每张走红毯的照片都排成队来评判吗？她不过是嫁给了一个有钱人，又离了婚而已。即使她的相貌不符合中国传统审美眼光，在很多人眼中却很有魅力，比如在《Vogue》采访过她的记者眼中，她"充满了无可争辩的魅力"。更重要的是，抛开在婚姻中的令人怀疑的功利性，她非常刻苦，也很聪明，对于自己追求的事情不轻言放弃，并且一直知道自己要的是什么。包括她向攻击自己丈夫的人毫不犹豫地挥出一掌，这些也许是那些追求美丽性感的形象，整天研究如何把各种礼服手袋搭配得优雅的女性们做不到的。

更何况她自己说过:"我当然知道我的生活多么不平凡,但我很清楚,为了获得知识我付出了多少努力,我把这种自律贯穿到整个生活当中。至于别人怎么看我——我如果担心这个,那每天都担心不过来,所以我选择忽略它。"

她真的不必担心自己是不是优雅。

每段传奇都有一个不驯的青春

——兼谈萨冈和萧红的人生

　　作为一个按照传统意义已近中年,有着一份固定工作,有一个收入比自己高的丈夫和两个可爱的孩子,每年会选择夏威夷或者墨西哥这样北美人民喜爱地点度假的妇女,现在让我回首青春,就像讨论《哈利波特》这样的小说。 这样骑着扫把和龙对话的念头我曾经有过,但是我从来没有在天上飞过。 或者是《西游记》里的猪八戒吃人参果,匆匆,囫囵而过。

　　我唯一与北美90%的职业妇女们不同的地方是,每个星期会用相当于大约四分之一的工作时间写文章。 在更年轻的时候,我写得更多,甚至比全职工作还多。 而且当年所有的写作都不是为钱,或者说基本上都没有收入。 我告诉所有的人,这是因为至爱。 偶尔在深夜闭上眼睛,双手合于胸前——据说人总要每隔一段时间花5分钟审视一下自己的灵魂,深夜尤益,我对自己,也是这样说的。

　　因为写作,我才会在各种财务报表,或者各种分析报告和审计之余对另外的一群人的青春和生活轨迹感兴趣。 所有的财务工作者,基本上都对其他财务工作者的青春或者童年或者梦想丝毫不感兴趣，这大概是因为她们的工作只是和数字有关，全无感性而言。或者她们从小就决定了要循规蹈矩，寻找最稳妥和安全的生活方式。我要说的这一群人和财务工作者、中层白领正好是完全相反的人——或者说和大部分人生相反的人。

她们在年轻时代就没有准备驯服自己。

比如少年萨冈，她在18岁就出版了《你好，忧愁》，这本书几个月之后就卖出了84万册。在此之前，她时常旷课，经常喝酒，抽烟，被两所学校开除，到第三所学校才完成中学学业，却没有通过会考。成名之后，她更加自由地以自己的方式生活。她个性鲜明，行为有些离经叛道，她写作、赛马、酗酒，还用版税买了一辆性能一般却在那个年代最为拉风的美洲豹汽车，四处飙车……她22岁嫁给了第一任丈夫，两年之后离婚。离婚之后却又和前夫保持着同居的关系。随后嫁给第二任丈夫，生下一个儿子后，没有多久就离婚。她差点死于一场由于超速飙车导致的车祸，60岁时还因转让和吸食可卡因而被判处缓刑一年的监禁和罚款……她的一生就好像一个漫长的青春期。而她本人，是60年的法国最著名的青春代言人。

还有萧红，她19岁为了逃婚和表哥离开了家乡到达北平，不久回到故乡被家人软禁，又逃到北平。后来被未婚夫追回，并经历未婚夫家庭的退婚。为此，她到法庭状告未婚夫的家人，使得她本人逃婚、退婚之事成为当地众人皆知的新闻，她的父亲官职被贬很多。即使如此，她还是和已经退婚的未婚夫同居并怀着身孕被抛弃在一家小旅店中。这些都是她22岁和萧军写出《生死场》之前的经历。除了逃婚、退婚这些事迹，期间她为了继续读书和父亲作了一年的抗争，帮佃农求情而惹恼了伯父几乎被家人处死。她生活的中华民国，是一个对女子的道德礼仪约束和封建社会没有什么大的改进的时代。因此，萧红似乎比萨冈更离经叛道，从一开始就充满了反抗和斗争。在她30岁离世的时候，她一直在自己的多情和男人的薄情中沉浮。这就是中国"30年代洛神"的青春。

把萨冈和萧红并提，是因为她们都是天才型的作家，都年少成名，都像她们生活时代中的"坏女孩"，没有规规矩矩地遵守她们被计划好的人生。可是，若让一个平庸度过自己青春期的女子来评价，是好是坏是疯癫是糊涂，她们才真正地有过自己的青春。假如你没有冲撞过，没有反抗过，没有早恋过，没有翻着墙逃离自己的家或者那个权威的象征，又怎么叫做有过青春？甚至是那个自以为从小就懂得很多大人事，懂得珍惜金钱的张爱玲，她何尝不是从父亲和继母那里逃出，投奔了更自由和开通的母亲？这些早慧而任性的孩子，从此要么以一生作为她们漫长的青春期，要么就是在青春期的时候已经有了一颗古老而忧愁的心。

至于那部关于萧红的电影《黄金时代》，女导演许鞍华说，民国是属于那些文人的黄金时代。好像电影中有鲁迅、丁玲、萧军等一圈30年代的文学人士。还没有看过电影，但是已经开始担心她把萧红拍美了，顺带把那个年代也美化了。我不是要和"民国范"唱反调，也不是觉得那个年代没有它的意义，可是，民国在我看来，也像是一群孩子的"青春期"，每样新的事物都在品味，每种思想都在跃跃欲试，每个人都想尝试未尝试过的恋爱，然后每个人都为时代的荷尔蒙或是梦想而亢奋得又跳又唱。所有的一切终究以为底子尚薄，心情漂浮而不够深厚，那个类似于人生 30～40 岁的壮年，思想和见识都镀了金的时代，终究没有到来。或者像萧红一样，早逝了。

这样的天才而动荡的青春，是不是要比一份安稳而平静的生活好？这是一个充满了"围城"逻辑的问题。因为像张爱玲那样少年成名的女子，也会在适时告诉自己"岁月静好"。而静好，让我等凡人俗子看来，就是不作，不折腾；就是有着医保、社保，有着每年的假期，有老公有孩子，周末去图书馆动物园，每天没到下班就计划买什么样的菜做晚饭，信用卡从不拖欠当月花费房贷一定要提前 10 年还清的生活。

偶尔我也会质问一下自己为什么没有铿锵着、嘶吼、重金属地过一个青春。答案是，我不是萨冈，也不是萧红、张爱玲，甚至三毛。

但，假如重塑自己就像割个双眼皮一样容易的话，我绝对想回头把自己的青春敲碎了，好好折腾。因为每段传奇都有一个碎过的青春、不驯的青春。

第二章

像一个妈妈一样聊聊孩子

给孩子一个弟弟妹妹当礼物

2014 年底的一份调查表明,英国 3～12 岁的儿童最期盼的圣诞礼物就是一个弟弟或妹妹,远排在房子、汽车和 iPad 之前。 这和今年 4 月中国一个 12 岁女生因为父母打算生二胎而跳楼自杀的消息简直是两个极端。

如果你注意到,大部分儿童在三四岁前,会对襁褓里的宝宝和街上毛茸茸的小狗一样充满好奇,如果可能他们还会用小胖手去捏一下宝宝的胖脸蛋,就像他们对着一只小狗手舞足蹈,趁大人不注意拽一下狗狗的尾巴。 我家老二还不会说话前就已经会指着电梯间遇到的婴儿口齿不清地大叫:Baby!! 她的脸上充满了一种温柔极了的笑容,还会轻轻地抓起宝宝的小手,又是极为温柔地,好像触摸一片羽毛一样。 然后两个宝宝四目相对,都笑得极为灿烂,好像发现了彼此的秘密。

从这点上判断,孩子们喜欢更小的婴儿是一种天性。 他们基因库的某一个角落一定存满了各种人类祖先的图片,很多图片就是属于那些和他们一样,有粉红脸颊、娇嫩肌肤、大大的水汪汪的眼睛和很少头发的婴儿的。

至于孩子们怎么对待自己的兄弟姐妹,这取决于父母如何传递一个"弟弟/妹妹"的信息。我有一个好朋友在儿子一岁时又怀孕了，于是她们焦急于如何让儿子理解一个弟弟或妹妹，就是说，很快就会有一个小宝宝要和他一起抢妈妈的奶吃了。她们家还有一只小狗，如何教会小狗不对另外一个婴儿嫉妒也是一门学问，这个暂且不说。

在七八个月的时间里，朋友用一只刚出生的婴儿大小的布娃娃做未来婴儿的代言，她们告诉他："这是妹妹。"妹妹会吃奶，会睡觉，会打嗝，会PooPoo（宝宝拉粑粑）。小朋友很快就接受了妹妹这个消息，并且非常期盼她的到来。事实是，当婴儿真正出现时，他无比兴奋地拥抱这个妹妹，然后试图像拖布娃娃一样，抓起双脚，把她拖到地上。

让我来先解释一下自己为什么会生两个孩子。第一个宝宝出生的第一年，好像一个玫瑰色的童话，虽然没有父母在身边帮忙，孩子的所有一切都必须亲力亲为，但是我依然非常享受这个过程。再辛苦，只要亲吻一下她粉红色的小脚丫就全部忘记了。

林语堂说过他的"四大幸福"，和孩子们游戏只排到第四位。我想，那是因为他是一个父亲。并且在30年代，对于孩子的爱还不能直白地表达。对于一个仍在哺乳期、荷尔蒙指数极高的母亲来说，天下的所有幸福，莫过于看着孩子天真烂漫的笑容。很快我就开始陷入一种焦虑，这是一个多么混乱而越来越糟的世界啊，人和人的关系越来越冷淡。而我自己的所有亲人都依然在国内，难道我们要在百年后把宝宝一个人孤独地留在这个冷漠的星球上？

为了她未来能有一个血缘的亲人，一个友伴，我们决定再生一个宝宝。就是这个简单决定，却用了我一生对爱的理解和期盼的深思熟虑。像韩国鼓励生育的一个口号："留给子女的最大遗产是兄弟姐妹！"

老二刚刚学会走路时，每天早上，第一件事情就是从我们身边爬起来，然后听见她光着的小脚丫在地板上发出的"啪嗒，啪嗒"的脚步声，她穿过走廊，欢快地叫"姐姐，姐姐——"那一刻，我已经知道，我们的决定有多么正确。

周围的朋友基本上都有两个宝宝，而她们的想法也都和我相近：

为孩子有一个友伴；

为孩子们有更健全的人格，从小学会和别人分享，关心别人；

这也是北美家庭的幸福的样本——两个孩子和一只大狗。

说这是北美家庭幸福样本的原因是，在北美的大部分公共娱乐设施中，家庭票都是两个成人加两个未成年人，这些设施包括海洋动物馆、科技馆、植物园，各种嘉年华。甚至北美的最流行汽车型号也是一家四口人的设计，一般的 SUV 都可以在第二排座位放两个儿童安全椅，美国汽车协会消费者调查也证明了这一点。

我也听到各种父母的赞叹：我们现在不用陪她玩了，一吃完晚饭，我们各忙各的事，她们自己一起玩。去上各种课程学习班也非常容易，两个小朋友若是年龄接近，直接送到一个班里上课就好。 若是年龄有些差距，也是在一个儿童活动中心，大的由妈妈带领上一个班，小的由爸爸带领上一个班。 还有人会说：天哪，幸好有她们的兄弟姐妹，她们才可以这么容易就进入这个幼儿园。 这个幼儿园可以替换成，一个小学、初中……在北美，有兄弟姐妹在同一个学校的孩子会被优先录取，不管是历史悠久的私校，还是一个口碑良好的公立学校。

让孩子们爱上自己的弟弟妹妹，而不是排斥他们，其实在西方也有不少科学的方法。 女儿的幼儿园知道我又怀孕，就为她专门准备了一本图画书，书是一个系列，分男孩女孩篇，老师们给女儿讲的就是：我要成为一个大姐姐了！ 这是我后来才发现的，因为我在换宝宝尿布的时候，大女儿主动申请要帮我换。 我说，谢谢，但是不用了。 她就一直嘟囔：可是老师在学校里讲的故事里，我就是要帮妹妹换尿布的。 后来看到这本书，书中把一个姐姐讲得像个小英雄。

还有要在弟弟妹妹没出世的时候，多去其他有两个孩子的家庭"串门"，这样孩子对其他的孩子都有兄弟姐妹印象深刻，而不会觉得这有什么特殊。

弟弟妹妹出世后，每次在老师或者小朋友面前都要夸小朋友，多照顾她的弟弟妹妹，和弟弟妹妹相处得多好，从而提高小朋友的自豪感。

当然，最可爱的是最后这一条：在从医院带回新生弟弟妹妹的那天，以弟弟妹妹的名义给小朋友买份她特别希望的礼物。 我家大女儿听说是妹妹送给她礼物时，愣在那里，问："为什么妹妹可以给我买礼物呢？"她的意思是，为什么妹妹有钱给她买礼物。我们回答："因为妹妹是从仙女那里送来的，她从仙女那里给你要了一份礼物。"

　　看来西方也是讲见面礼的，至少在一开始的 6 个月，姐姐对妹妹充满了无条件的喜爱和宽容。

做了妈妈还能要求事业成功吗

今天是母亲节,让我们向职场妈妈们致敬。并不是天下母亲有什么本质的不同,她们都用生命把另一个小生命带到这个越来越有危机感的星球,只是职场妈妈是妈妈们中最艰辛繁劳的一种。

作为职场妈妈,每天我们都在为如何在工作、家务和陪伴自己最心爱的宝宝中奔波挣扎。不仅仅是"尿布和公文包"这样简单问题,睡眠时间永远不够用,工作时间永远不够用,每天从把孩子送到上学的地方再到公司以精确到每分钟来计划,到超级市场买一个星期的食物像做预算那样精准到每天的每一餐,如果孩子生病永远是第一个把工作放下留在家里陪伴他们的人……我们身兼妈妈、职业女性、保姆、爱人、女儿多重身份。自从我们做了生儿育女的决定,"妈妈"就成为各种社会身份最宏大也最重要的一个,此后的一生,注定为此而费尽心血。

玛丽莎·梅耶尔曾经在她接任 Yahoo 总裁时说:"如果我接受了这份工作,显然就不能再休那么长的产假,得另寻他法与自己的小宝宝多待些时间。不仅如此,我今后除了工作和家庭外,不会再有太多时间干其他事情。"

即使梅耶尔这样年薪百万美元，产假可以只休 11 天，在办公室旁边设置了一个育儿室将宝宝和保姆带入工作场所的女强人也无法逃脱生活只剩下家庭和工作这样的命运，即要在做好职业女性和称职的妈妈中艰苦权衡，更何况我们？ 大部分的职场妈妈没有这样幸运，既没有雄厚的收入来寻找其他途径与帮助，也没有这样成功的职场经历让我们起码沾沾自喜。 我们面临的通常是一份维持生计的平均工资，要求你完成男性职工同样工作的老板，并不太得力却又不得不依靠的孩子姥姥和奶奶，每天上下班 3 个小时的车程，抱着你的大腿哭泣而不愿意留在幼儿园的宝宝……每一天我们都为是否值得做一个职场妈妈而挣扎自问。

从来没有一个全能的上帝，一个更优秀的自己可以告诉我们，做了妈妈是不是还可以要求事业成功？ 这一份简单的工作是否值得苦苦坚持。

妈妈曾经给我讲过她的故事。

当年，妈妈是一个返城知青，刚刚回到北京就怀上了我弟弟。 那一份工作不容易，而且产假也只有 3 个月。 弟弟还不到百天就被送进了单位的托儿所（幸好那个时候还有单位托儿所），上午 10 点、午餐、下午 3 点，她每天要去托儿所喂三次奶。 单位并不会为一个普通的返城知青网开一面，反而妈妈要证明自己是一个有能力而且积极向上的青年，分给仍在哺乳期的妈妈的工作是和其他人一样拌水泥。 每天晚上回家，妈妈腰酸背疼，还要抱着弟弟，哄着我。 多年后，谈起这段经历她总是满怀辛酸，说每次到托儿所去喂奶，她最为纠结的是如何清洁自己，不让弟弟喝到带着汗水的乳汁。

我的姥姥是师范毕业，是那个年代最早接受教育的知识女性。在解放前的晋察冀边区，姥爷是解放区一所中学的校长，姥姥是学校附小的一名老师。当姥爷带领指挥整个学校为了躲避战争转移时，姥姥带着出生不久的我妈妈和刚刚3岁的大姨还有一小部分学生被落在了后面。多年以后，姥姥告诉我，转移必须经过一条独木桥，她既要怀抱着襁褓中的宝宝，领着3岁的大姨，照顾她班级里的几名学生，还要时刻担心着姥爷的安危。她说，就是那个时候她被吓出了心脏病，尽管我说，心脏病不是吓出来的。

尽管经历过既要工作又要照顾3名子女，支持姥爷工作这样辛苦的一生，姥姥还是从来没有停止过鼓励妈妈对事业的追求，她把外孙女——我接到身边，好让妈妈可以更好地照顾弟弟，继续进修她的会计课程。尽管深知一个哺乳期母亲的艰难和辛酸，妈妈还是在我生下第一个宝宝，犹豫要不要回到职场时说："你们很小就被送进幼儿园，在幼儿园你们也都很开心。一个女子还是要有自己的事业，它不仅仅是现在赚多少钱，比托儿费贵多少的数学加减法问题，而是你有多大的天空才可以交给孩子多大的天空。"

我向职场妈妈致敬，她们包括了我的妈妈和我的姥姥。

我向职场妈妈致敬，我们自己就是在职场、家庭兼顾的母亲们匆匆的步伐边慢慢长大。依稀记得妈妈拉着我们的小手挤公共汽车，把我们送到校门口，再掏出个一直在棉衣里捂着的白煮蛋，让我们在课间吃。也依稀记得，她们怎么样边炒菜边叮嘱我们做功课；怎么样在我们睡熟之后，再在办公桌前写还没有完成的报告或者自己进修的功课。到今天我们也没有抱怨过她们陪我们的时间太少，她们留给我们一个独立向上，充满勇气的榜样。即使忙碌，我们也从来没有怀疑过她们对我们的爱的深厚。在她们的肩膀之上，我们看见更高更蓝的天空。

如果职场和家庭的兼顾真的让我们疲惫不堪，我们是否可以重新审视自己的职业规划。

第一，这份工作是不是真正想要的，在 5 年之后，我们付出的心血是不是可以得到回报？ 2 000 元的工资还是 20 000 元的工资并不重要，重要的是，它是不是带来足够的学习机会和成长空间，让收入可以在几年里达到预期？ 对工作的喜爱程度和收入无论如何还是会衡量我们的自我成就感。

第二，亲人的支持？ 老公、妈妈、还有婆婆，我们有没有认真地谈过这份工作的重要性？ 带一个宝宝最苦的几年就是他们从出生到学前班的几年，有他们的支持才会事半功倍。 得到伴侣的支持和帮助，比得到妈妈婆婆的支持更重要。

第三，规划重点。 做一名母亲的经历可以让我们更好地学习分清主次，除了工作，你给予家庭的时间不可能再减少，只有在工作中不停找重点，才可以让我们找到解决问题最快速和最直接的路径。 刚刚宣布要参加 2015 年美国总统竞选的惠普公司前 CEO 卡莉·菲奥里纳（Carly Fiorina）曾经说过，她所擅长的事情就是不停地在繁枝茂叶中找到主干。 比如你真的需要一份路上往返 3 个小时的工作吗？ 还是有一份往返 1 个小时的工作更好？

作为一个两个孩子的母亲，我深知作为职场妈妈的艰难。 比如我每次出差，最小的孩子（她刚刚两岁）都会抱着我的脖子大哭，不让我离开她。 每次出差回来，她甚至会报复性地对我很不亲近。 可是我知道，这是职场规划中最重要的几年，如果现在离开职场，陪伴孩子婴儿期和上学初期，但我很可能无法给她们的青春期更好的建议，因为我过早地离开了充满竞争和强迫我理解最新事务的工作。 如果我坚持短短几年，那么未来的职场会可能更加顺畅，在她们长大更需要一个强大妈妈的指引时，我会更坚实地站在她们身旁。 我希望奉献给她们的，不是陪伴她们的时间长短，而是陪伴她们的每一分钟的质量。

这是一条艰辛的道路，要有清晰准备和计划做一个职场妈妈，才会有所成就。 Facebook 运营副总裁桑德伯格曾回复女性求职人的提问："我能在家工作吗？ 我能在怀孕期间继续在公司工作吗？"桑德伯格答案很简单，自己就是最好的例子（她有两个孩子）。 当我们准备好了，这个世界才会为我们准备好越来越宽松的机会，别忘了，我们身边有那么多职场女性，也有越来越多的职场妈妈。

让我们拥抱一下给我们那么多幸福和快乐的孩子们，感谢他们的出生，让我们成为生命更丰富也更完整的母亲。

也让我们彼此提醒，勇敢坚持。 也彼此帮助，当你在工作中看到下一个职场妈妈时，请伸出援手。

职场妈妈也许更快乐

美国女作家 Stephanie Coontz 出了一本新书《职场妈妈的胜利》(*The Triumph of Working Mother*)。她的结论是,无论是哪个薪资阶层,全职妈妈(Stay-home-mom)都比职场妈妈(working mother)要忧伤、愤怒,甚至更容易患忧郁症。

去年的一个英国调查报告表明,全职妈妈家庭里的孩子所出问题比职场妈妈家庭里的孩子要高,这和大家普遍理解的全职妈妈付出的时间越多,对孩子的健康成长越好完全相反。

即使没有社会学机构的调查数据支持,这个道理也容易理解,那就是:开心的妈妈就会有开心的孩子。而拥有眼界宽阔的妈妈,孩子无疑站在了妈妈的肩膀上看世界。我刚生了女儿时,老公就说我可以自己选择,是做职业妇女还是全职妈妈——我选择回去上班。那时只有一个想法:如果我留在家里,女儿有一天长大了,我既不知道外面放什么最新电影,也不了解最新的彩妆品牌,更忘记了办公室女生里的政治斗争,怎么给她分析和建议,怎么让她崇拜我呢?

一个母亲的榜样和光辉,对女孩尤为重要,甚至是女孩在青春期最为依赖的。在女孩向女人过渡的那段时间,生理上和心理上面对种种变化，似乎只有母亲可以可以倾诉和仰仗。 那时，小女生的逆反心理，倒是妈妈越让她崇拜，她越是愿意亲近和信赖。

急着要去上班，可以说来自于我的危机感。 怕自己不够优秀，怕自己没有权威。 有一个很微薄的愿望在心底，为了孩子变成更好的人。

当你爱上一个人，你会希望自己更美丽更温柔，这只是小范围的更好的自己。 而当你成为一个母亲，会希望自己成为一个更好的人，恨不得拯救整个星球，这是大范围的更好的自己。 希望把贩卖小孩的、卖毒品的、控制年轻女孩做皮肉生意的、路上飙车的、酒后开车的、打骂自己学生的……全部关进监狱。 这种想法不光是我有，孩子爹也有。 他本来就是一个忧国忧民的人，现在每天晚上哄孩子睡觉之后就会坐在电视前面看世界新闻，眉头紧皱，时不时说一句：这世界真是一个疯狂的地方。

直接了解这个疯狂的地方，才可以更好地保护自己的孩子，这当然是所有母亲的希望。 如果成为职业女性，在竞争中，不断提升自己，或者更直接地为社会创造价值，似乎比一个全职妈妈更容易一些。

问周围的女朋友，她们和我一样，从事专业工作。 其中有多半说："即使送两个宝宝去 **Daycare**（托儿所）的每个月费用和她的工资差不多，她也愿意去上班。 因为在家，太闷。"也有些朋友认为，生一个孩子还可以继续工作，但是生两个孩子就准备呆在家里带孩子。

她们都考虑到了幼儿园的费用。加拿大的孩子 3 岁以后上 Preschool，学费有政府补贴，我所在的加拿大 BC（英属大不列颠）省，大约每月 700 加元；接收 3 个月到 3 岁之间宝宝的公立托儿所费用，大约每月 1 200 加元。如果有两个 0～3 岁的宝宝送托儿所，那么每月支出和年薪 5 万的个人的税后月收入相差不多。

所以，单从家庭收入和支出平衡这点来说，一个有两个孩子的白领妈妈，上班（把孩子送托儿所）和呆在家里带孩子，并没有太大区别。

不过，如果父亲的收入超过一般白领工资，情况就有所不同。加拿大很多大公司中层经理以上的太太们都不工作。比如我朋友的孩子上的是私立学校，一个班级二十多个孩子的妈妈中，只有她一个是职场妈妈。

私立学校中绝大多数妈妈是全职妈妈，这是加拿大家庭结构和普遍价值观决定的。第一，大部分的加拿大家庭，祖父母们都不会像中国祖父母们一样帮助照看孩子。按他们的话，周末或者孩子病了，看一两天可以。他们宁愿退休后，到各地旅行。孩子们从襁褓期就由父母亲自照料。第二，大部分家庭中，丈夫还是主要（较高）收入者。第三，大部分中产阶级都希望并有两个或者两个以上的孩子，照料他们的确很费心血。这包括每天接送他们上下学，带他们参加各种课后活动。

即使是这些私校的全职妈妈在孩子们上了初中，生活和学习能够完全自理之后，也试图重返职场。因为专业放置太久，她们很多人会选择一些非全职和工作时间相对灵活的工作。更多人，选择为公益非盈利组织做义务工作者，或拿象征性工资。 假如，金钱和收入对她们来说不是最主要问题，那么她们的工作其实回到了我们的中心问题：职业妈妈是不是比不工作的全职妈妈更快乐？

2011年加拿大统计局的一份关于就业的报告表明，在就业的人口中，48%的为女性。 虽然没有关于全职妈妈的直接数据，但根据这个数据可以推测出全职在家的妈妈应该占很小的比例。 我认识的两个曾经的全职妈妈，一个在最小的孩子10岁时，考了地产经济的执照，准备卖房子。 另外一个，在孩子读高中时，到一个植物园当义务的解说员。 她们都说，有份工作生活有趣多了。

那么对孩子来说怎么样呢？

Stephanie Coontz 说，经过美国的七十多份报告表明，职场母亲的工作选择对孩子成长没有明显的负面影响；英国的报告证明双亲都工作比只有父亲工作的家庭，男孩的成长没有明显不同，女孩则在前者的家庭中问题要少一些；挪威的报告证明，孩子的行为问题和在托儿所待的时间没有直接关联。

纽约时报的另一位作者 Kathleen Gerson 对此也做过调查，她的调查对象中，80%拥有一个职场妈妈的孩子认为这是对他们的家庭最有利的选择。 而将近一半全职妈妈的孩子则希望自己的妈妈没有选择做一个家庭主妇。 这个调查虽然没有公信力的机构数据作为支持，但具有一定意义。

一个为事业奔波的妈妈，虽然劳累，但无疑更充实、自信、有趣，甚至可能更注重仪表和谈吐。 而且，在一个健全的家庭里，当夫妻双方都工作，父亲会觉得更有必要分担照顾孩子的义务。这在目前也是一个趋势，至少在美国，今天的父亲们和孩子们分享的时间是20世纪六七十年代的父亲们的三倍。

在中国，很多经过10年职场厮杀有了一定经济基础的知识女性们生了孩子后在考虑是不是要留在家里当全职妈妈。甚至，是不是多花时间照顾丈夫和孩子比上班更值得，也更快乐？虽然中国和加拿大、美国的情况不同，但老实说，中国已婚女性们比美国和加拿大的同性们面临更多小三的威胁，经济独立是不是更需要考虑呢？

相对职场妈妈还是全职妈妈，每个做母亲的人可能都有机会面临这样的选择，每人也都有个人背景和诸多不同。Yahoo 的女总裁 Marissa Mayer 在没有休完产假（美国的产假是3个月）就回到公司上班了，有人批评她是职业女性的坏榜样，也有人恭喜她可以把当妈妈和事业同时兼顾，但像她这样把事业和当母亲的责任兼顾的女性，我们还可以列出许多。

我想，职场妈妈是不是胜利不应该成为一个命题，最主要的是今天的女性比起她们的上一辈对自己的要求更高，也更全面。事业，和事业带来的成就感也是她们快乐的一部分。

这也是有普遍调查为依据的。

中国大宅门式的坐月子太夸张

——为什么王妃不坐月子

2015 年 5 月 2 日上午，凯特王妃诞下一名据说是 25 年来英国王室的第一位小公主，此后举国一片粉红。除了对王室小公主的祝福声之外，好像中国人更多的是惊叹，才生完孩子不到 10 个小时王妃就穿着裙子，脚踩高跟鞋站在微风中面见公众。这些都是中国产妇的大忌，王妃难道不用坐月子吗？

2011 年和 2013 年我分别在温哥华的 BC Women's Hospital（加拿大大不列颠省妇产医院）生下了两个宝宝，这所医院是公立医院，可能是加拿大同类医院中资源和设备最好的一所。而且，我从怀孕 3 个月之后每个月（后来是每两个星期）去看的妇产科专科医生就是这所医院的主治医生之一，加上生下宝宝之后，一直参加各种社区妈妈的活动，和本地妈妈们的交流非常多，所以，对加拿大的妇产医疗和新妈妈们的生活常态了解比较多。

所以，如果简单回答"王妃难道不用坐月子"，那就是，不坐。如果复杂地回答这个问题，那么就是外国人有"月子"，但对"月子"所关心的东西却完全不同。

住院时间短并不是不重视

首先，凯特 10 个小时就出院了，这说明她生产过程很顺利，宝宝也非常健康，没有任何不良的反应。那么，她见公众的几分钟也没有什么可惊叹的，毕竟身为王室要为人民的期待负责。

以前听人说，在西方产子，生下孩子 24 小时内就让你回家了。以加拿大为例，因为生孩子对于加拿大人（加拿大公民和永久居民）属于医疗保险内的免费医疗，所以在母子平安的情况下，基本观察一下没有什么问题就让你出院了。剖腹产的母亲可能会多在医院里住上 1 天。也有例外，比如当年我的第一个宝宝出世医生就不愿意让我们出院，原因仅仅是在出生后 12 个小时内，宝宝的体重降低了 10%。

这 12 个小时里，护士基本上几个小时就过来一次，看宝宝是不是已经会吃奶，各种检查、验血、给宝宝洗澡……当发现宝宝体重减轻了超过 10% 以后，他们如临大敌，医生建议留院 24 小时。后来发现情况并无好转，于是又住了一天。发现我的奶水还不足，就给宝宝送来医院人奶库的人奶。住了 2 天半后，我们决定回家的时候，医生还反复确认，最后问我们要不要让人奶库继续供奶。

等到我们回到家第 2 天，社区护士已经带着体重仪找到家里来，医院通知她们我们需要特别帮助。其实对社区中任何一个有新生儿的家庭，社区护士一定会定时造访。然后护士反复检查宝宝是不是会吃奶，姿势是否正确（这个在医院里每个值班护士都已经检查过一遍了）。后来又上门专门教了一次，甚至建议我们去看一个母乳专家。她们对母乳的重视几乎可以称为固执，不但手把手教，而且从儿科医生到家庭医生都坚决建议不用复合奶，几乎是确定宝宝会自己吃奶，而且吃到了适量的奶为止。

这些当然都是零碎的细节，但可以说明，虽然西方妇产医院可以让一个产妇10小时回家，那肯定不是因为他们不重视宝宝，或者不重视产妇。他们重视的细节可能琐碎得让一个新生儿的家庭觉得麻烦，那些细节恰恰是我们自己在家可能重视不到的科学性问题，比如宝宝会不会吃奶，体重、疫苗……母子与社区的联系等。

表现完全不同的月子

回到西方产妇坐不坐月子问题上。以前，我以为她们是不坐的，但是现在觉得她们至少有些地方和我们相近，有可能是学习了一些东方的经验。住公立医院的普通病房是因为听说他们的病房刚刚装修过，同时设备非常好，一个产妇有一间配备卫生间的独立病房。

进去之后发现连伙食也不错，几天的饭菜都是营养搭配，而且都是柔软、清淡、容易消化的食物，比如清蒸蔬菜配特别软的鸡肉汉堡包，或者是米饭配小牛柳加蒸蔬菜，最主要还都配着热汤，还有香蕉苹果片酸奶这样的饭后佐餐。从前听说医院给产妇生冷食物加冰镇可乐的事情真的没有发生过。唯一生冷的是，医院提供免费不限量苹果汁给产妇。问为什么要配果汁，他们的回答是，维生素高，比较容易下奶，原来西方也有他们认为容易下奶的食物。

关于生完孩子要不要"坐月子"我也问过我的妇产专科大夫，她自己就是两个孩子的母亲。她回答比较中肯，她也见过不少工作到预产期前一天，产后两个星期就进办公室的女强人，但是她觉得还是不用那么拼。"加拿大产假有一年呢，可以慢慢带孩子。"她觉得生完孩子一个星期内还是要多休息，下床走动，到院子里透透气都可以，但不要过度。

出了院，就差不多可以带孩子出门晒晒太阳，出门走走了。她的建议是1个星期内，不要太疲惫，6个星期内不要做剧烈运动。问她什么叫剧烈运动，比如游泳、瑜伽、跑步？她想了想，这几项还是等6个星期之后再做比较好。这6个星期是产褥期，是指从胎盘娩出至产妇全身各器官，恢复至妊娠前状态（包括形态和功能），这一阶段一般规定为6周。妇产大夫说，这6个星期主要是用于子宫、骨骼和关节等的恢复。

至于不洗澡，不洗头，不刷牙，不下床这种风俗呢？她看了看我说："产后会出很多汗，如果不洗澡，宝宝吃你的奶生病怎么办？"至于刷牙，孕期和生产后，妈妈们的牙龈本来就容易红肿发炎，这是和荷尔蒙有直接关系，不刷牙岂不是会带来更多牙齿疾病？

也问过妇产科大夫生产后该吃什么，她回答很简单："想吃什么吃什么。否则吃不下去，或者心情不好，怎么有奶给孩子呢？"然后她眨了眨眼，"像那种每天吃几个鸡蛋的，就算了，除了胆固醇和脂肪堆积，对自己和孩子都没有什么好处。"看来她也是听说过一些中国风俗。

根据大夫的建议，和周围朋友的经验，我也没有坐月子。从医院回到家以后，第一件事情就是洗了个澡。当然，也是大夫的建议，做任何事也要比平时小心些，洗完澡把头发吹得干透才从浴室里走出来。每天早上，也会把门窗都打开透风，宝宝当然一直戴着宝宝帽——宝宝的头骨还没有长好，她们才最怕风。每天在房间里转来转去，还会听听音乐，看看书。第一次真正的出门是宝宝一个星期大，带她到儿科医生处复查。因为是冬天，穿得当然是严严实实，但是走几个街区也没有觉得有什么不妥或不适。

而且医院对新晋妈妈的关心更多是在她们的心理状态上。每次带宝宝复查，医生都会有一个表格，显示宝宝的各项指标。然后会和妈妈聊天，有什么担忧？有什么问题？妇产科医生也会在6个星期内分几次检查妈妈的身体状况。社区护士会更直截了当地问，你最近有没有觉得容易哭啊？有没用觉得烦躁？和家人相处和睦否？

在她们看，新妈妈会不会有产后忧郁和她们身体是否恢复一样重要。然后把社区中心各种母子活动的信息发给你。比如家附近的新妈妈团，每周三有活动，活动时30～50个妈妈拎着尿布包抱着宝宝，听各种讲座，带宝宝做健身操；附近的图书馆也有小宝宝（0～6个月）和大宝宝（6～18个月）不同的讲故事时间；最近的一个奥体游泳中心也有宝宝游泳课……

总之，就是让妈妈带着宝宝走出去，参加各种活动。

自我塑造期

家附近有一条著名海堤，白天在海边锻炼的人中有一半是推着婴儿车的妈妈们。她们的名言就是：首先要有一个可以推着慢跑的婴儿车。

宝宝们大小不等，戴着各种各样的帽子，睡成各种各样的憨态。妈妈们则三三两两结伴，或散步或慢跑。海边风大，妈妈们也都穿得休闲而温暖。至少有两年时间，我也是她们中的一分子。宝宝非常喜欢新鲜空气，加上现在婴儿车的设备实在是太舒适，我每天上午和下午各出门散步一个小时，她们也会在婴儿车里美美睡两个长觉。我还是比较注意，宝宝没有满月时，每天散步都很短，也避开海边，但是周围的妈妈们，从宝宝生下来不久就会带出去见客，办事，散步。

新晋妈妈们大部分都是职场女性，平时并没有特别多的时间关注自己，产假几乎成了她们的重塑期。我认识好几个妈妈，6个星期一过就开始推着婴儿车慢跑，一年下来直接就去跑马拉松了。还有几个妈妈一起请了一个健身教练，一星期两天在门口的草坪前婴儿车一字排开，妈妈们则跟着健身教练做瑜伽和健身操。

她们无处不在。老公春天爬温哥华一座著名的松鸡山（Grouse Grind）时，碰见两个妈妈背着宝宝，宝宝看起来也就一两个月的样子，居然比他还快。他当时不服，想等过几个月你们再爬试试。 他自己是每个星期都去爬山，也陆陆续续遇见她们，半年过去，两个大胖宝宝已经六七个月，两位妈妈还是毫无悬念地把他给超了。

且不说坐不坐月子这个问题，生孩子、休产假对于西方女性来说是一个最好的重塑期。 她们并没有把宝宝和自己关在家里，而是带着宝宝进行妈妈团社交，和恢复体力体能的训练。

虽然生完孩子10个小时就把自己打扮得鲜亮的西方王妃比较极端，但那种裹着棉被，头也不洗，牙也不刷，天天喝老母鸡鸡汤的老式妈妈也真的太夸张了——整个一个大宅门不是吗?

能不坐月子就不坐月子吧，也算善待自己。

你的产假有多长

在去美国的路上，看见 99 号高速上正在修建几座立交桥，也仅仅是初期，立交桥的土方刚刚堆成。

于我，凡是看见加拿大这种基础建设，总会想到的是，经济现在总算是在持续发展中；而这些建筑工人们忙完这个夏季，到了冬天就可以领失业金度假了。

加拿大政府申请失业金的条件是，过去 52 周中给一个雇主（或多过一个雇主）工作过，投保的工作小时数在 420～750 小时之间，那么就有资格申请失业金。420 个小时，如果按照加拿大每个星期工作 40 个小时的标准工作时间来计算，就是不到 11 个星期。所以，很多工程都在夏季开工，冬季停工，失业的工人可以在此间隙领取属于自己的福利。

加拿大的福利制度之好，确实让旁人羡慕。

在美国，碰见一个做销售的姑娘，她看见我推着婴儿车便问起宝宝的年龄，销售姑娘感慨自己的宝宝才 4 个月大。她的身形胖胖的看起来还没有恢复最佳状态，于是问她这么快就上班了吗？她告诉我：美国只有 3 个月不带薪产假。

加拿大的带薪产假是一年。也就是说，在母亲生产之后一年中，可以每月领取个人薪酬（以宝宝出生之前的 28 个星期薪酬为计算标准）的 55%，其上限是每月一千七百多加元（税前），同时这个收入还和家庭收入和孩子的数量相关，低收入家庭的母亲的产假津贴可高达她生产前 28 个星期薪酬的 80%。

除此之外，加拿大一些大公司还实行产假津贴 Top Up（补足制），比如德勤在阿尔伯特省（Alberta）的办公室实行在产假的前 6 个月，补足加拿大政府所支付的产假津贴（Maternity Benefit）和你实际收入相差的部分。也就是说，如果你现在的薪酬是 8 万年薪，那么在宝宝出生的前半年，你会拿到全额收入。我的朋友，会计师 Maria 就是拿了全额产假津贴休息了半年，假如她准备继续休息下去，那么后半年中通过公司的补足，她将拿到 60%～80% 的收入。但是，她自己休了半年就回公司工作了。这跟加拿大福利制度没有关系，只能感叹那些在四大会计师事务所工作的姑娘都非钢即铜啊。

大部分加拿大妈妈们在这样优越的条件下都会休满一年产假，别忘了除了产假津贴，加拿大新生的宝宝们还能得到政府支付的牛奶金（牛奶金可以拿到 18 岁）。但是，不少公司的产假福利比四大会计师事务所还要优厚。比如卑诗省（British Columbia）的信托银行 Vancity，它的产假津贴补足制为一年。在员工生完孩子之后的一年中，经过公司的补齐，可以拿到在职时 100% 的工资收入。而享受 100% 产假津贴的仅有条件是，其员工必须在生产前为公司服务时间超过一年，并在产假结束后回公司服务至少一年。

更不要说，加拿大劳动法还规定，雇员于产后有权恢复未请假前的职位。若同样职位的同事获得加薪，她亦享受同样权利，这是同工同酬的衍生部分。我另外一个朋友 Cindy 就在 Vancity 工作，也就是说她休的产假是加拿大，甚至可能是世界上职业女性中所能享受到最完美境况之一，拿着在职时全额薪酬休产假，一年后回到公司，薪水又涨了 2.5%～5%（这是按照通货膨胀计算，在未升迁或奖励的情况下，员工的工资自动增长指数）。

这样的福利制度，让很多加拿大人自嘲为"社会主义"。等等，社会主义的中国产假是多少天？我的很多朋友告诉我是 90 天，也就是 3 个月时间。据说去年这个数字提高到了 98 天。也许这也是为什么中国宝宝依赖奶粉，以至中国妈妈在全世界范围内狂扫奶粉的原因之一。据说至少在香港等地造成了奶粉限购。在我周围的朋友同事中，每个人都是母乳喂养，甚至那个生产 6 月后就回到会计师事务所的 Maria 都把孩子母乳到 1 岁——她每天带着吸奶器去上班。所有加拿大家庭医生也鼓励母乳，他们不相信有母亲产奶不够孩子吃这样的事情，他们的口头禅是："如果你们的奶不够宝宝吃，人类早就在很早的时候灭亡了。"

前两天《纽约时报》采访在比尔与美琳达·盖茨基金会（Bill & Melinda Gates Foundation）中任要职的 Patty Stonesifer，她在她的家乡还成立了一个个人互助项目，就是资助并确保每个生产的妈妈带宝宝离开医院的时候有一张婴儿床。因为，新生婴儿和母亲同床而窒息死亡在婴儿死亡率中占很高的比例。资助婴儿床这样的事情和社会福利联系在一起考虑就更容易理解了，首先美国母亲休产假是不带薪的，3个月以后她们还要回到自己原来的工作岗位。 对于一个低收入，舍不得买好的婴儿床（它们因为各种安全指标也都价格不菲），同时每天白天进行体力劳动的母亲睡眠时会因疲惫更加深沉。 那么一个婴儿床是多么重要。

在这里我只是想强调，给予母亲的产假福利最终收益者是这个国家新生的婴儿们。 这个问题上我请教过妈妈，她说中国的母亲大部分是和婴儿同睡。 而我，新生时就是睡在母亲臂弯里的。那时候她们刚刚知青返城，休过三个月产假后就和公司其他的员工一起做土石方，搅拌水泥。 我不太敢想象，一个很小的宝宝睡在白天搅过水泥的鼾声如雷的母亲的臂弯，头顶着她的胸口的安全性。

据说今年加拿大的某些省份出生率都高于往年，至少在卑诗省达到了7%。 在温哥华市中心的购物中心，和附近的街道上常常看见推着婴儿车的妈妈们。 她们常常是结伴而行，一起参加社区中心的护士讲座，公共图书馆给宝宝提供的童谣课，市公立游泳池为1岁以下宝宝设立的游泳课……这些课程多数免费，妈妈只要抱着宝宝去就可以了。

当然，有很大一部分加拿大人看到几座正在修建的立交桥想到的不是社会福利，工人的失业金。 他们想到的更多是对环境的影响，尤其是他们如果属于加拿大绿党（Green Party of Canada）（他们的党纲是通过务实的政策实现环保），会认为兴建更多的基础建设实际上无异于鼓励更多的人开车上下班，而不使用公共交通设施。 他们认为这样会造成更多的二氧化碳排量，对环境造成污染。

因为我有过做《低碳》记者的经历，有加拿大朋友人问我，对地球未来的环境资源怎么预想。 出生于上海的犹太裔美国教授巴特利特（Al Bartlett）的人口和能源的计算公式曾经在小范围的美国和加拿大知识分子中引起恐慌，"可持续发展"的背景下，可持续发展第一定律是："不能承受人口增长和/或生长在资源消耗率。"也就是说，按照目前人类繁衍的速度，地球上的资源将不能支撑我们的后代使用。 这是一件大家都担心的事情，但是当计算公式给你演示说明的时候，会更具有穿透性的说服力。 他本人在自己的学院主页上说："人类的最大缺点是我们无法理解指数函数。"

我们是不是要担心现在拿着一年政府福利休产假的加拿大妈妈们，会一个接着一个生孩子呢？ 她们的孩子，也就是占有更多地球资源（众所周知加拿大的人均用水量是世界的前三名）的下一代会不会没有水，没有石油、煤矿和天然气？ 我的一个加拿大朋友，他也是两个孩子的对未来忧心忡忡的父亲，宣布说："我买了一块地，重要的是这块土地上有一个很大的湖，在10年后，我们会缺水。"

而我想的是，你可以给孩子们买个湖，但是此生你还会计划再买一口油井或者一座煤矿吗？ 作为一个女性和正在休产假的母亲，我很难从眼前的孩子身上想到为所有的人类担忧和负责。 比如我看到正在修建的立交桥，我会想到福利、产假、奶粉灾和婴儿床，而无法跟随绿党或者像巴特利特教授那样的科学家，来担忧人类。

虽然说当你关心更遥远距离和意义的事情会降低对身边事件和人的关注力，但是，其实每一个婴儿的现在才组成人类的未来。

给予母亲和孩子的福利，真正地关注每个个体的需求，才有可能真正关注环境和对人的影响。 比如母亲一年的带薪产假，和可以鼓励母亲母乳的医生和医疗系统。 再比如我昨天在一个小学校门口看到的一块提醒送孩子的家长们关掉汽车引擎的指示牌："年轻的肺在呼吸。"

带孩子去图书馆

我 4 岁的时候，教中文的姥爷给我一个有拉合盖子的小箱子，箱子里装着他亲手标注了汉语拼音的各种儿童图画书。那是我关于书的最初的记忆。因为这些图书，认字和写字就好像游戏。在还没有上小学的时候，我已经会给远在北京的父母写信，用最工整的书信形式开头："亲爱的爸爸、妈妈。"我很爱惜书，因为它们是我第一份自己的财产，爱书也让我一生受益匪浅。

两个女儿还没有到 4 岁的时候，已经拥有很多书，她们装书的藤条箱是我的小木箱的 10 倍都不止。她们把书当玩具，每天用胖胖的小脚丫踩在上面，或者用包着厚厚尿布的胖屁股坐在上面。一本书，常常读过几遍就烦了，她们会把书一本一本从箱子里扯出来，递到我的手中，然后又在故事刚刚念到一半的时候，晃晃悠悠地跑到屋子的其他地方玩起来。

偶尔会想起，被教育着正襟危坐，必须洗干净手才可以翻书的那个童年的自己，书籍在我心中的位置大概像今天 iPad 在她们心中一样吧。我也知道用自己的童年来审视下一代的童年，是一种习惯性的忆苦思甜，也是用自己的经验来衡量孩子们生活的不正当方式。我从一开始就决心，绝不用我父母那样的语气来告诉自己的孩子："当年爸爸妈妈都没有书看，你看你们今天多幸福。"

可她们今天真的比我们要幸福。不光是满地的图书和玩具，美丽的衣裳，还每个人拥有一张图书证。这个图书证可以让她们每次借 10 本儿童书，一次借两个星期，如果逾期未还也不用付罚款。

她们还在襁褓时，我就带她们去图书馆。儿童图书占了图书馆的整整一层，除了五颜六色的书架，还有孩子们画画、做手工的小桌子。一块用栏杆圈出来的空间，装满了各种玩具和靠垫，让小婴儿们在里面玩耍。每周至少有两个早上，图书馆员会带着一些有趣的书给孩子们"story time"（故事时间）。给一岁以下宝宝的故事时间，并不是讲故事，而是唱各种儿歌。宝宝们在妈妈的身上，随着儿歌颠来颠去，或者好奇地盯着图书馆员手中的布偶，和她们夸张的表情。

大约两岁的时候，大女儿的 Daycare（托儿所）带她们去图书馆远足——远足在她们的年纪就是离开 Daycare 和她们平时活动的游乐场，到各种场所去长见识。图书馆长在她们每个人手上盖了一个小章。后来她的手上还带回家过科技馆、水族馆、消防局专门给孩子们准备的小章。这是她们的小小特权。

从那个时候开始，我开始带她们去图书馆。

她们学会在一排排的书架间，挑选自己喜欢的图书。在背面已经印满各种文件的白纸上（这是为了节约纸张），用蜡笔画画。每次，大女儿都要到一个柜台前，踮起脚尖，向里面的图书馆员说:"可以给我印一个章吗？ Please？"然后她会在电梯里给冲她打招呼的人自豪地举起手掌:"看,我今天去过图书馆了。"

就好像在森林里察看稠密的年轮,观察蚂蚁洞的洞口走向以辨别方向,我一直在想,怎么样带孩子们走进一片森林,而不仅仅是在后院种一棵会开花的樱桃树;怎么样教孩子们从稠密的枝叶之间仰视星空,而不仅仅是在向阳的落地窗前给她们讲关于各个星座的希腊传说。

在我看,图书馆是一座书的森林,她们每两个星期都会有新的书,不会重复。而且,这些书都是她们自己选择的,不是爸爸妈妈按照自己的想象为她们选择。因为总有一天,她们要学会在茂密的丛林里选择自己的方向和道路。

图书馆教会了她们珍惜。大女儿喜欢一本叫做《彩虹鱼》的书,她会在把书还给图书馆之前让我再给她读两遍,那种恋恋不舍好像面对一个到家里来玩,却要道别的小朋友。当她知道书还回去之后还可以续借的时候,满脸喜悦。

图书馆还给了她们时间观念,三岁的大女儿管周末叫"爸爸妈妈日",因为只有这两天,爸爸妈妈才一直在她们身边。她自己会计算,一个爸爸妈妈日之后,下个爸爸妈妈日就要去图书馆还书了。

还有责任感,我们每次都借六本书,也会一直提醒她们,这六本书要保管好,因为是图书馆的书。每一次到图书馆还书的传送带之前,我都抱起她,让她自己把书放在传送口,看着书从传送带上慢慢走远。

可能还有分享的社会感。每一次我都会告诉女儿们，这本书是图书馆的，不可以踩在脚下。如果书本弄折了，那么下一个读这本书的小朋友会很伤心。女儿会问，谁是下一个读这本书的小朋友？是不是维多利亚？是不是莉莉？我会慢慢给她解释，有很多小朋友——你并不认识她们，但是你和她们分享同一个图书馆，并且喜欢同一本书。所以，即使你不知道她们是谁，你依然要爱护这本书，这样更多的小朋友才可以读到这本书。

我并不确定还不到三岁半的小朋友能不能理解这个公共性，和作为存在于这个社会的一分子和公共财产的概念。但我希望她知道，这个世界上还有很多和她一样的小朋友，和她共有很多共同的东西。比如蓝天、白云、大海，还有游乐场和图书馆。假如她在游乐场丢失一只氢气球，这并不是一件伤心的事情，因为这样很多小朋友抬头，会看到这只飞向天空的紫色气球。

我的一个朋友是生物学家，他和身为教师的妻子过着一种非常贴近自然的生活。他们住在美加边界一片牧场的蒙古包里，他们家有一个和我大女儿一样大的女孩，一只德国黑背和一只大蟒蛇做宠物。生物学家反对给女儿买各种塑料的、发光的、有各种鲜明颜色和电子音乐的益智玩具，而是带她到真正的原始森林里去认识各种树木各种鸟类和昆虫。让她分辨蕨类和灌木丛，让她观察松叶尖上的甲虫和青苔上的蜥蜴。小姑娘有天不怕地不怕的气质，眼睛里全是灵气。她见到和她一样大的小女孩的时候，有一种天真的亲昵，这是因为她平时整天在森林里玩，能够和她玩耍的小朋友太少了。

我当然不可能像生物学家一样真正交给孩子们一座森林，但我想试着给她们更大的空间，带她们走到更大知识领域的入口处，里面会有更深更远的世界。带孩子去图书馆，教会他们使用图书馆的各种公共设施吧，让他们自己探索比自己的书箱更大的世界。

这是我作为一个爱书的母亲所能建议的。

第二次童年,和孩子一起学习

女儿在加拿大出生,而我是在中国出生的,在我看来这根本不是什么问题。 在加拿大工作生活了这么多年,难道和自己的宝宝也会有文化冲突吗? 但现实是,当我带着宝宝参加社区妈妈们的活动,大家一起唱起儿歌给宝宝做健身操的时候,我一首也不会唱。 那些歌谣都是加拿大妈妈们躺在她们的妈妈和祖母怀里听来的,就像我从小听妈妈念的儿歌"小老鼠上灯台,偷油吃下不来"一样。

为了让女儿和周围的宝宝们一样,有个会唱儿歌的妈妈,我只好到图书馆借了一本带 CD 童谣书。 除了听这些童谣,我还在 Youtube 上看各种童谣的动画片。 最先学会的当然是"一闪一闪亮晶晶,满天都是小星星"的英文版,因为它本身就是英文歌曲。 不但学会了它的英文版,我还学会了它的手语版,因为在宝宝会说话之前,手语可以开发她们的智力。 然后我每天推着宝宝,到图书馆由图书管理员带领给宝宝们唱儿歌讲故事,到社区中心由护士们带领唱儿歌做健身操,在手语课上由老师带领边唱儿歌边做手语。

有一天,女儿在我给她换尿布的时候,喃喃地唱:"Roll,

Roll, Roll……boat……"（摇摇，摇摇，摇小船）我开心得眼泪都要流下来了，她是一会说话就会唱歌的，而我已经学会几乎所有流传已久的童谣。

在这些童谣里，我发现自己和女儿一起开始了一个崭新而明亮的童年。 我的童年里，没有温暖的、只有20～30厘米高的儿童泳池和儿童游泳教练；而女儿6个月大已经在泳池里踢水，水面上还浮着彩色的小球、充气的鲸鱼和大白鹅。 我的童年里没有充气城堡和一个篮球场大小的游乐室，而女儿10个月的时候已经坐在充气城堡里被颠得哈哈大笑——那个跳得像个大猴子的是她的妈妈。

当万圣节到来，有了宝宝的我终于可以名正言顺地去挨家挨户要糖了。 我早早就给女儿买了一身七星瓢虫的宝宝装，给自己也化装成一只大瓢虫。 只是那只"小瓢虫"刚刚9个月，根本还不知道什么是糖果，什么是巧克力，推着她刚走了半个街区，她就歪着头睡着了。 发糖的商家，看看童车里熟睡的"瓢虫宝宝"，和两只眼睛兴奋得闪闪发亮的"瓢虫妈妈"，都会抓一大把糖放在我们的篮子里。 我一路要糖一路想起那个把小皇帝放在前面，自己在后面"垂帘听政"的慈禧。

那一篮子糖果，足足让我从万圣节吃到了圣诞节。

圣诞节更是我小时没有过的节日，首先我要买一棵圣诞树，然后我要给圣诞树挂各种美丽的小装饰、小玩具。 小区还来了一架镶金彩钻的马车，拉车的两只白马威风凛凛，马鬃编成了辫子，辫子上还系着蝴蝶结……天色暗下来的时候，彩灯也亮起来，就好像是灰姑娘参加王子舞会时的那一架。每天从幼儿园接回女儿，我都和她去坐马车。天气很冷，马车上有厚厚的毯子，我在一摇一晃的车厢里抱着女儿、裹着毯子很仔细地思索一个重大的人生问题：为什么我小时候就没有坐过马车呢？为什么我从来没有见过打扮得这么威风的马呢？

还有从圣诞彩灯森林里穿越而过的圣诞小火车，因为喜欢托马斯火车的孩子太多，所以不但要提前在网上订票，还要排长队。我们终于排到的时候，我在站台上抱着女儿又跳又叫："火车，火车，还有呜呜……"老公终于在旁边提问了："为什么觉得你比女儿更喜欢火车呢？"回答很简单，我现在正在第二次过我的童年。

在女儿两岁之前，我已经和她一起去过很多次水族馆，给一大一小两只白鲸都起了名字；办了一张科技馆的年票，在那里玩光线竖琴、气压弹球机和各种原理的科学游戏；我们还看过两只在深山里冬眠的大黑熊，小兔子彼得的微型菜园。这个夏天，我们还要去西雅图动物园去看大象和河马，明年我们还准备去迪斯尼乐园——我终于可以和白雪公主和小美人鱼合影了。

很多时候，我确定比自己的女儿更加享受这些专门为孩子们准备的节目，那个时候我根本不觉得自己是一个家长，而是一个愿意变回小孩的大人。我的童年根本就没有她们现在这么好玩，当然只有成为大人之后，才知道大人们的生活是多枯燥而无聊的，而且多么缺乏想象力。

大部分天才死于教育

天才

我想我遇到过天才。

和一个同事聊天,同事是最保守正统的加拿大人,在温哥华这座盛产海鲜并且充斥了世界顶级厨师和美食的城市里,他从未吃过寿司,更不要说尝试生鱼刺身了。当来自世界各地的同事们讨论家乡的另类美食时,他坐在会议室里表情难堪——就是让他听到用鱼头做汤这样的事,他都会非常难受。

我问了一句他儿子,因为公司的会计部门 AP(应付)工作繁忙时,他儿子曾经来帮过忙。同事似乎希望为儿子找一份稳定工作,但公司有规定,不会请职员的直系亲属工作。他回答说:"现在在一个建筑公司做记账,但他总想自己开公司。"我很难想象那个比他父亲更为拘谨,面容苍白的少年想要自己开公司。于是十分好奇地问他要开什么公司,那个骄傲的父亲于是打开了一个网页,说,这是他自己的网站。我只看了一眼就震惊了,这是一个非常精致的网站,有主页还有各个分档,产品页上有几个手机 App 产品。

同事的儿子没有上大学，甚至连高中都是"Home Schooling"（在家自教育）完成的。我于是问同事这个孩子在哪里学会编程，他说，从14岁起，儿子就从图书馆抱回一摞摞的计算机书自学编程。我心想，也许我遇到了一个天才。

为了验证我的判断，我马上打电话给我做顾问的IT公司。技术部人员一边看着网页一边说："如果这个少年只有19岁，没有读过大学，而且用的是这种代码，那么他是一个人才。"

他们对"天才"这个词很谨慎。因为公司里还有另外一个天才，他弱视弱听，即使戴着助听器和一副大眼镜，白天还有可能在并不拥挤的人行横道上撞上行人。他的父母都有吸毒史（这有可能是他为什么有这些先天的缺陷的原因），出身贫寒，但他自学计算机，13岁就被招到微软的"少年天才项目"，25岁成为公司的技术总监，他写出的软件据说打败过不少同类公司的测试。

而同事的儿子尼森，14岁就凭借图书馆借来的书籍写了第一个程序——家庭图书馆的索引。所有的书籍都被分类编号，一输入书名的前几个字母，就可以检索到书籍和书架的位置。

好吧，你可以说充其量他家只有地下室的一面墙的书吧。但是，这是他14岁，没有人辅导，全凭兴趣做出来的。

面试的时候我过去看了一眼"家庭图书馆程序设计者"。他比我印象中还要不知所措，面试者给他买了一杯冰咖啡，他端在手里就一直地抖啊抖，抖得大家都不知道怎么直视他了。

后来听公司的那个"少年天才"说，这个孩子是"岩石中的一颗钻石"。他平时不怎么说话，但即使是名牌大学毕业的电脑设计师都对他很敬畏。

教育毁灭天才

  偶尔同朋友讲起这个故事，他来自伊朗。他说他是到了北美以后才听说过"在家自教育"，而且这些在家自教育的孩子同样可以参加美国加拿大的高中毕业考试，报考各个大学。

  他说我的故事不是关于天才，而是关于现有教育系统毁灭天才。因为他自己在美国的表哥就是从九年级（相当于初三）之后，就由他的父亲在家亲自教育，现在他是全美前100名脑部外科手术医生。在他的父亲教育之后，他已经直接可以成为一个医学院脑颅科学生候选人了。

  这有点骇人听闻。我仔细地问了一下，一个父亲如何可以把一个孩子培养成一个医学院的学生。他的回答是，因为这个父亲本人就是大学教授，他在儿子初中后已经知道了孩子的长处在哪里，因此不愿意让孩子在公共教育系统里浪费时间，就直接把孩子留在家里亲自辅导。

  我另一个朋友的孩子也在"在家自教育"。朋友本身就有教师的资格，而这个10岁的孩子是棒球种子选手，在经历了孩子几次在学校里和其他孩子打架，他的孩子虽然身高体健但是会受到其他孩子的集体欺负，她们索性决定把孩子留在家里教育。在家自教育其实也是根据教育局提供的学习大纲学习，这样才能保证孩子在高中毕业的时候可以参加统一的高中考试。他的父母就每天集中教育他几个小时，给他留作业，然后孩子自己有更多的时间读自己喜欢的书和做自己喜欢的事。

但我和朋友辩论,这并不能说明现有教育系统就会毁灭天才。他说,我不知道中国的教育系统是怎么样的,但是在伊朗,大家高中毕业以后参加一个集体的考试,然后按照考试成绩再填志愿,而这个志愿大都是被老师推荐和决定的。他自己是从伊朗最富盛名的理科学院 Sharif University of Technology 的电子工程学毕业,刚刚获得菲尔兹奖(Fields Medal)的伊朗女数学家玛丽亚姆·米尔札哈尼(Maryam Mirzakhani)就是比他早两届的学生。因为他的成绩,他被分到了这个学校,而这个专业也是几乎给成绩最好的学生预备的,换句话说,如果你考了这个成绩,进了这个学院而没有选择读电子工程,你就被其他人认为是一个"傻逼"。

这听起来有点像我们的高考。他说这样半强制的好处是,他们学校的电子工程系里,有近一半是女生,其他的理科课程也是,虽然女人们戴着面纱,但比北美大学的理科的女生比例高。因为,他们认为聪明孩子就应该物尽其用,读最棒的理科(这也许是为什么会出现第一个获得菲尔兹奖女数学家)。但是就他个人而言,他读了4年,成绩也不错,但是毕业之后却不知道自己应该干什么。

"很茫然,觉得自己受了这么多年的教育都没有用。"他说。我很奇怪他用"没有用"这样的话来概括,因为他至少有一份好工作。他说:"但是我一点都不喜欢这份工作。"

他认为教育是应该指引一个人发现自己的爱好和自己的天赋

所在，他现在已经 30 多岁了，还不知道自己在什么地方会有天赋，或者更喜欢做什么。 换句话说，他的人生没有目标。 如果他经历过"在家自教育"这样的过程，也许他也会在 14 岁时发现自己喜欢并且擅长做什么。

他觉得那样他才会为人类做点自己的贡献。

我们都听过乔布斯 2006 年在斯坦福大学毕业典礼的讲演，也都记得乔布斯鼓励那些毕业生选择做他们最爱的事情，而他说自己幸运的地方就是"很年轻就找到自己的爱好并把它做成了事业"。

我对迷茫的朋友说："你再仔细想想，你有没有什么爱好，或者你觉得有天赋的地方？"他想了良久，说："在初中到高中的 6 年里，学校的所有音乐活动，包括学校外的音乐活动都是由我弹钢琴伴奏，我还表演过很多独奏。"我说："那你为什么没有继续学钢琴呢？"他看了我一眼："我从来没有学过钢琴。""没有老师教过我。 我也不识谱。""不识谱？"我十分奇怪。 他说："是啊，那些曲子我听一遍就记住了。 比如看一部电影，回来在钢琴上看着键盘就我能弹出来。"

电影《骄阳似我》(*Good Will Hunting*，1997) 里的具有数学天才和高智商的小混混 Will 和自己的女朋友解释自己拥有的记忆，他说："就好像贝多芬和莫扎特看到键盘的时候，他们看到的是一串串音符。"

我突然无语。

可以选择性天才

哥伦比亚大学教授、纽约市 NYSPI 磁共振研究中心主任 Alayar Kangarlu 博士最新的成就就是依据磁共振的原理给人类大脑拍摄成像。在去年接受 BBC 的访问时，他十分自信地说，很快我们就可以根据人类大脑的成像而判断这个人在哪一方面有天赋。其中的原理当然是因为目前科学家们相信人类大脑的每个区域都各司其职，比如某个区域负责艺术才能，而某个区域负责系统分析。目前，他们已经可以很轻易通过图像分析出老年痴呆症的前期。换而言之，在很短时间内，人类就可以在一个孩子未成年时，从大脑图像分析出这个孩子是不是个天才。

我对这样前沿的科学毫无兴趣，而且我怀疑自己的大脑灰质层数量已经大幅度减少——这是老年痴呆症的主要原因，但我知道科学家们因为出于对天才的热爱已经把爱因斯坦的大脑分析过无数次。听到 Alayar Kangarlu 博士这样的预言，我满心悲哀。因为我想到不是那些可能有天赋而被浪费的孩子们，而是那些可能被图像判断为平均智商或毫无才能的孩子，那么他们该怎么办？他们将不仅是被老师和家长断言的"笨小孩"，而是被磁共振摄像图片证据断定的"笨小孩"。

科学家们也许以推动技术进步作为他们最伟大的理想，但是作为具有一颗悲悯之心的人难免会联想到纳粹当年的"优等民族"的计划。

更为重要的是，人类的大脑尤其是孩子的大脑是动态的，充满发展和变化的可能性。 一个人具备的才能有多少是来自于天赋，有多少来自于个人的喜爱和努力，并无法通过一张图片来判断。 Malcolm Gladwell 在他的《异类》讲过一个真实的故事，发明斯坦福-比奈（Stanford-Binet）智商测试的刘易斯·特曼一生都在做天才的研究，但他选择出的一千多个智商超群，也就是说可以称之为天才的孩子中，并没有出现特别有成就的人。 相反，经过他的测试，没有达到 140 以上智商的孩子中，却出现了诺贝尔奖获得者。 我想这些不仅仅是《异类》这本书提到的天时地利人和，还有就是人的潜能应该不仅仅是来自于智商，或者说来自大脑图像这样物化的因素，人的精神上的潜能，也就是我们说的爱，爱好，并不可测试和被量化。

所以，我认为测智商和通过大脑磁震图像来分辨一个人是不是具有天赋是一群聪明人办的不聪明、或者接近可怕的事。 好像那些科学怪人，最后被自己的研究所困惑，而忘记了事情的实质。

再回到《骄阳似我》那部电影，面对数学天才 Will，两个都在悉心培养他的教授发生过一场争执。 他们意见相违的中心是，数学教授（影片中为菲尔兹奖的获得者）认为应该"推动"（push）他，因为他的成功就来自于他对自己的不停地"推动"，或者说自我压力。 而心理学家（在影评中设定为相对不成功的人）却认为，应该让这个孩子自己来决定，不可以"推"他或者给他压力。 这似乎是对于天才的两种选择：一种是推动，让他成功；一种是让他自我发展。 但这也是教育目前的两种选择。

作为两个孩子的母亲，我想这篇文章是我对教育体系是不是能发展孩子的天分的思考。我肯定的是，我不会带她们去测智商，假如 Kangarlu 博士的研究成真，我也不会带孩子去做那样一个大脑摄像。

我不想知道她们是不是天才，在一个天才和一个平均而快乐的孩子中，啊，让我祈祷一下吧，我希望她们自自然然地做快乐的小孩。

那些被外国人收养的中国弃婴

一个中国弃婴的童话

北京初冬,天空飘着薄雪。

一个德国人下班回家,在停车场看到一只篮子,篮子上盖着块儿大方巾。篮子里窸窸窣窣,他以为是一只小猫或小狗,于是看也没看,就拎了起来。进家门后,他随手把篮子和在楼道信箱拿到的邮件都交给了在厨房做饭的太太。太太问篮子里是什么,他说,停车场捡到的,也许是一只小猫。

太太掀起方巾,篮子里是一个满头黑发,睡得正香的小女婴。

讲这个故事的是北京顺义"果园西餐厅"的前老板娘 Lisa,2010 年我在对她进行采访时,她说,我必须给你讲这个故事——这位太太是帮我设计果园的园艺师 Sue,他们当时住在海淀区。这个小女婴现在已经 15 岁了,她正在德国读高中,非常聪慧美丽。

一个月前,英国金融时报帕提·沃德米尔写过篇《一个中国弃婴的童话》。她和同事在上海一条"寒冷漆黑的窄巷"发现了被层层衣服包裹的弃婴，这个婴儿（后来被起名为贝拉）有很多疾病，包括先天性心脏病、双目白内障失明和部分蹼足。 关于贝拉的童话是，她的美国养父母在还没有见到她之前，就在教堂里为她募捐。 为了"完成这次领养他们拼尽了全力，他们将房产再抵押、卖鸡肉芝士意大利面、卖T恤"，在回中国去接贝拉之前，养母甚至把头发染成了黑色，希望这样不会让贝拉"太过惊奇"。

文章还提到，贝拉被遗弃在Dunkin' Donuts门店外——那是外国人常常出没的地方，也许是她的父母希望她最终能够去海外生活。 第一个故事中，篮子女婴被留在了外国人居住的外交公寓停车场，她的父母应该也有同样的想法吧。

从1993年11月10日中国颁布《外国人在华收养子女实施办法》起，20年来，被外国人领养的中国孩子超过11万。 这两段故事仅仅是其中的十万分之一二。

也是2010年，我的朋友加拿大博士候选人Stacy Lockerbie（以下简称斯塔西）为了完成她的博士论文《加拿大妈妈领养中国孩子的社会调查》而在北京游荡。 用"游荡"这个词是因为她为了论文直接到弃婴最大的输出国"中国"来实地调查，却被中国政府授权管理和受理跨国收养的中国儿童福利和收养中心（CCCWA）拒之门外。 她只好在北京的几家英文报刊上登广告，希望得到收养中国儿童的外国夫妇的帮助。

60%以上领养孩子的加拿大家庭希望领养到一个女孩，因为女孩更容易和养父母建立起交流和感情，同时女孩长大以后假如会有一些麻烦也无非是"未婚妈妈"或者不爱学习这样的小事，而男孩却有可能去抢银行或者成为黑帮。

中国人是如此的"重男轻女"。被抛弃再被外国人收养的孩子中超过 90% 的是女婴，极少比例的男婴中绝大多数是有残疾或者疾病的孩子。

斯塔西的报告中写道：在收养儿童这件事上，中国和加拿大的供求关系非常完美地结合在了一起。但加拿大家庭关系辅导师 Amy Klatzkin 在为一本关于国际领养的书《期盼一个女儿，需要一个儿子》(Wanting a Daughter, Needing a Son)的引言中写道："很不幸，并没有足够的外国家庭领养所有被丢弃的女婴。"

对中国人而言，这种供求关系不但不幸，而且耻辱。

跨国收养的历史

关于跨国收养历史，加拿大家庭最早是收养二战后英国的战争孤儿。紧随其后的是冷战期间，加拿大的母亲通过国际救济孤儿机构成为了"远距离母亲"(long distance mothers)，最迟只是为亚洲孤儿提供经济上的资助，后来才渐渐形成实质的跨国领养。

跨国领养形成规模始自美国的福音派信徒贝莎和亨利·霍特夫妇(Bertha, Henry Holt)的善行。1955 年，霍特夫妇收养了朝鲜战争中的 8 名孤儿，这在当时的美国引起了轰动，其他家庭也纷纷效仿。1970 年，加拿大妇女桑德拉·辛普森(Sandra

Simpson）领养了一名越战孤儿，其后她个人领养了 28 名孤儿，并且帮助其他人实现跨国领养。从此，在澳大利亚、加拿大、欧洲和美国，国际领养变得很普遍。仅 2006 年一年，美国就领养了 2 万多名外国儿童。

国际领养的增长，绝大部分原因是由西方人口数量变化引起的。近几十年来，由于节育、堕胎、晚婚等原因，不想过早生育的女性发现自己已经错过生育年龄无法生育了，还有些人由于身体原因无法生育。在斯塔西的报告中提到，加拿大这一类想成为母亲但是因为种种原因不孕的女性比例相当高，所以她们对孩子的渴望就寄托到了领养孩子上。

领养本国孩子有诸多不利因素。首先大部分进入领养机构的本国孩子本身的家庭都有一些问题，他们或者有一个非常不幸的童年或者受过侵害，或者是身体有残缺……所以这些孩子被普遍认为很难融入新家庭，身带恶习并很难教育及改变。领养家庭还担心这些孩子的生母"最后一分钟变卦"。毕竟，同在一个国家，变卦的生母很容易找到被领养的孩子，国际领养则"安全"很多。最后一点就是西方妇女对领养海外孩子带有的"拯救"心理，研究跨国领养的加拿大社会学者 Veronica Strong-Boag 认为这是西方女性心中的"现代救赎的故事"。

在大部分西方妇女心中，从那些贫困的国家领养一些可爱的孩子是一种具有神圣意义的事，这和那些西方男人认为从一个处于弱势的国家爱上一个异族的美丽女子似乎有相似的地方。最著名的例子莫过于美国影星安吉丽娜·朱莉领养的三个孩子，他们分别来自：柬埔寨、埃塞俄比亚和越南。

从 1999 年到 2009 年 10 年中，中国一直是最大的跨国领养输出国，2005 的高峰年，它为 17 个国家输出了 14 496 名儿童。中国孩子一直十分受西方欢迎，因为其他的国家提供的孩子要么多有残疾，要么就有"贩卖儿童"（比如乌克兰和一些非洲国家）的嫌疑。例外的只有中国，被领养孩子 90% 以上是健康且年幼的女婴。

中国受理一个领养申请的时间也比较长，2009 年以后已经达到了 4 年左右（如果愿意收养有残疾的儿童，时间就会缩短很多）。费用也较高，大约成本在 3 万～4 万美金。可能由于男女性别比例的逐渐失衡，生活也都温饱了和诱拐儿童供国际领养类的丑闻，中国政府已经大幅度减少了输出中国儿童的数量。同时也更为严格，单身、同性恋、肥胖、年纪大、不够富裕、经常离婚和结婚、服用抗抑郁药或者已有多个孩子，只要有其中一条，就会遭到中国的拒绝。

据《英国金融时报》引用的数据，中国约有 70 万名孤儿（无父母照顾的孩子），其中约有 10 万名孤儿被国家机构收养，剩下大部分孩子获得政府补贴。

被跨国领养的孩子，是不幸者中的幸运儿。

不仅仅是童话式结局

除非在街头亲自捡到弃婴，到中国领养孩子的过程大约是这样的。

首先是递交申请，等上3～4年，申请成功的夫妇（中国政府要求夫妇双方都要亲自到中国去接孩子回国）会被安排到中国一周行程。这个行程看起来更像一个旅行团，领养夫妇会被组成团安置在五星级酒店，完成法律文件之后，他们就被组织游长城逛故宫吃烤鸭买纪念品。这个过程其实是为了让这个团的养父母彼此熟悉，并建立联系。

领养父母回国以后通常会自发形成社交团体，他们每隔一段时间（最少一年一次）见面，平时也时常打电话，在Facebook上互动。被领养的中国孩子们互相称呼"兄弟姐妹"，他们的身世并不是什么秘密。养父母们会尽量给他们一些中国文化的灌输，或者是学中文，或者是带他们回中国旅行。加拿大温哥华本地报纸《先枫报》采访的几对加拿大夫妇，每年会给自己的养女养子们过春节，包红包，告诉他们"你们来自中国"……他们自发组织的"Families with Children From China-British Columbia"（有中国孩子的家庭协会），每个月都有各种各样的活动。

加拿大政府对这些领养的孩子也有相应的法案，基本上只要是加拿大籍的父母领养的孩子也可以马上获得国籍。

貌似一切都很美好，也不尽然。

斯塔西在中国做博士论文调查时，和一些普通中国人聊天。"那些人一边感叹'这些孩子太幸运，可以去国外'，一边又说，她们还是中国人，她们长大了会回到中国。"斯塔西问我：为什么他们会认为，这些孩子在西方国家长大，还要回到中国呢？我想，潜意识里，中国人对"大中国"的自我认知跨越了国籍，只要是黑头发黄皮肤就应该是中国人，是中国人的种就会落叶归根。

在某种程度上，他们是对的。近年来，陆陆续续有不少被领养的中国孩子，回国寻找自己的亲生父母。如果1990年左右是第一批中国孩子被跨国领养年份，那么她们现在正好二十出头。受西方教育的孩子们，在青春期时都要经历"我是谁，我从哪里来"这样"finding myself"（寻找自己）的过程。可以预见，会有更多的被跨国领养的孩子们回到中国来寻找出生地和亲人。

2012年夏天，被媒体称为"耶鲁女孩"的夏华斯（Jenna Cook）到武汉来寻亲。20年前，大概出生一个月左右，她被遗弃在武汉宗关办事处附近。在武汉，她接到一二百个认亲电话，与44个家庭见面、聊天，倾听他们的故事，拥抱、流泪、合影。新闻图片看，真的有不少妇女抱着华斯泪流满面，还有人要验证她身上的胎记。

问题是，如果夏华斯不是拥有美国国籍已经在耶鲁读书，而只是一个在中国福利院长大，现在在富士康打工的普通中国女孩，会不会有这么多的家庭，这么多的中国妈妈流着泪来认亲?

作一假设，有很多疾病、被遗弃在上海Dunkin' Donuts炸面包圈店外的贝拉，20年后到上海来认亲，那些母亲们会不会有勇气来面对她呢？那层层包裹往冰冷的地上一放的举动，是嫌弃，是狠毒，是了断了所有亲情，把孩子推向一个未知，让命运和造化来定夺她们的生命。

我对那些流着泪来认亲的母亲没有同情，对一二百个认亲电话有丝齿冷。一个弃婴的故事，肯定不是童话。背后有深深的，纵横过大洋，千万人血脉和命运的起伏跌宕。

斯塔西说：幸运的不仅仅是被收养的女婴，还有那些有了孩子们的加拿大母亲。我想，对于孩子，她们始终比我们珍惜。

谁又辜负了一个孩子的生命？

这两年常会看到孩子被亲生父母打死的新闻，怵目惊心。

14 日四川省广元市苍溪县的一名 11 岁的少年被他的母亲活活抽死，这名母亲残忍到令人无法置信，毕竟是自己亲生骨肉，据说原因仅仅是他向同学借了 120 元钱，孩子一直在惨叫，求饶了将近两个小时。

更让我无法置信的是，新闻采访了好几位当晚听到孩子惨叫的邻居，每个人都在叹息，有位住在事发楼对面的先生说他在厨房可以看见"有个女的拿着一条类似于皮带的东西，约 1 米长，正在抽打小孩"。惨剧发生的地方是旧式的红砖居民楼，这种楼的隔音并不好，估计楼上吵架楼下都可以听到。那么在连续两个小时里，应该有不少居民都听到了。为什么没有一个人去敲门劝阻？为什么没有一个人报警？

是因为别人管教自家的孩子不应该管闲事，还是因为缺乏社会责任心？ 这也是一条年轻的生命，目击知情这样的殴打而不制止，何尝不是帮凶？

以体罚来教育孩子的方式在中国由来已久，而且这两年还有"虎妈"和"狼爸"这样的父母高唱胜利战歌，我想在改变这些教育方式之前，最力所能及的是社会对于青少年的保护——别人打孩子，你也应该心痛。

我可以讲一个在加拿大的故事。 女儿刚刚会走路时，我们坐 BC 渡轮去维多利亚玩。 渡轮在那一年刚刚在几层乘客休息舱辟出了儿童乐园，儿童乐园的滑梯设计得不太合理，女儿摔下来了，眼睛下青了很大一片。 我们当然心疼死了。

第二天送孩子去 Daycare（托儿所），早上老师大概问了一下情况。 到了晚上接孩子，老师很仔细地询问了孩子是在什么地方摔的，又问有没有到渡轮上做"事故报告"？ 我回答说没有。 她告诉我下次一定要做：第一，这样可以证明确实是在 BC 渡轮的儿童游乐场摔的；第二，有了事故报告，BC 渡轮就可以知道有家长认为这个滑梯不合理，并且有孩子受伤，那么他们可能会有相应措施，也可以保护下一个孩子不受伤。

这席话的潜台词是，Daycare 也许会让我们证明孩子确实是因为自己摔倒而受伤。 虽然老师解释了一句，我们不是说要你们证明。 但这是一种可能性。 后来，我发现每次孩子脸上或者身上有点什么伤痕，老师都会多问一句。 若是她在 Daycare 受了伤，那更是如临大敌，第一时间报告。 在女儿刚会走的那段时间里，常常会接到 Daycare 电话，比如女儿的肚皮被秋千的安全带夹了一下，或者脸碰到椅子磕青了一块。

女儿的小脸大概青了 3 个星期，这段时间，我们倍受煎熬，似乎每个人都要过问一句。 比如在公寓电梯间，同楼的邻居会看看女儿再研究地看看我们，然后说："摔得不轻啊？" 走在大街上，会有老人家突然拦住我们，指着宝宝的脸说："你们看过医生了吧？"幽默一点的，会说："昨天帮加人队（本地冰球队）打冰球了吧？"然后看我们的反应。

实际上，在加拿大教育和照顾孩子不仅仅是一个家庭的责任，还是社会的责任。孩子不是父母的私有财产，或者仅仅是父母有义务照顾孩子，整个社会包括孩子所接触的所有人都义务去监督并保护孩子们不受暴力、性侵犯等的伤害。这种思想贯穿在加拿大主流的价值观中，所以老师们、邻居甚至路人都自觉有一定的知情权。在 BC 省公立 Daycare 和 Kindergarten 与父母签订协议中有一条就是：如果发现孩子身上有被殴打或可疑的痕迹，任何一方都可以举报。

在 BC 省儿童、家庭和社区服务法规（CHILD, FAMILY AND COMMUNITY SERVICE ACT）中第 14.1 条中规定，任何人只要有理由相信一个孩子被暴力、忽视，或者有任何理由需要保护，就必须报告给相关机构或者受委派的社区工作者。

这个法规同时还公布在 BC 省政府的网站，省政府的孩子家庭发展部（Ministry of Children and Family Development）的网站上。法规的旁边就是保护孩子的热线，而且随时可以打 911 电话报警。所以，有华裔父母因为体罚孩子，被老师发现并报告，以至于孩子被社区工人带走的事情，并非偶然。

加拿大对保护孩子的条例制定得很具体，比如"打屁股"也有法律规定：2 岁以下的儿童绝对不能打；超过 12 岁的儿童也不能打，也就是说只有 2 到 12 岁的儿童可以打屁股，而且对打法有明确要求。 首先，不可以打孩子的颈部或头部；其次，不能使用像皮带、鞋子或衣架等任何物件抽打儿童的屁股、腿、手臂等身体各部位；再次，打屁股时必须五指分开，不能有角度，不能打出任何印记或瘀伤，而且打屁股必须是以教育孩子为目的。

苍溪县11岁少年被皮带抽打了近2个小时，而且有众多邻居听到都没有人报警的事，在加拿大绝不可能发生。 相反，估计不到10分钟就会有人报警，5～10分钟内就会有警车和消防车到达。 那么就可以挽救一个年轻的生命。 而中国那些不报警的邻居，首先可能不认为父母打孩子犯法，其次不认为自己对保护这个孩子有什么义务。

对照《中华人民共和国未成年人保护法》2012年修订版，发现其中的法规比较笼统，规定中出现国家、县级甚至居委会的职责，针对社会的举报义务只有第四十九条："未成年人的合法权益受到侵害的，被侵害人及其监护人或者其他组织和个人有权向有关部门投诉，有关部门应当依法及时处理。"而这一条强调的是合法权益，相对应的是"有权"和"应当"，并不是有义务和必须。 而BC省的保护法中，强调的是"任何人"（anyone）和"暴力、忽视照顾和其他任何理由"（any other reason），这其中的人人有责的义务性和重要性不言自明。

同时，加拿大各省还有自己专门的保护青少年和家庭机构，很多专职和义务的社会工作者。 同时有第三方监督这些机构的年度预算、支出和成绩。

2008年BC省一个小镇Merritt中发生了一个有精神病病史的

父亲 Allan Schoenborn 杀死了三个亲生孩子的事件。这个事件掀起了民众对保护孩子的机构和功能的巨大质疑，事件发生后，这些儿童和家庭社区等机构负责人在电视上道歉。同时，因为这位父亲在杀孩子一周前曾经暴力恐吓过女儿学校的学生和校长，被保释并禁止接近这个学校和学生。但是警察却没有把他的三个孩子保护起来，民众们普遍认为，这也让加拿大的司法机构蒙羞。

事件过去几年之后，并没有被人们遗忘。2012 年，有调查报告说自从 2008 年 Schoenborn 杀子之后，BC 省对少年儿童的保护并没有改进，甚至因为财政拨款的原因对保护孩子和家庭不力。省长 Clark 因为这项调查而道歉，并重新委任了一个新部长。2013 年，加拿大总理史蒂芬·哈珀还接见了死去的三个孩子的母亲，以示对保护青少年的重视。

一百多年前，梁启超曾经写过"少年智则国智，少年富则国富"，而中国的少年承受了太多苦难，不要说在"计划生育"制度下我们的孩子本来已经所剩无多，还有那些生下来就被溺死的女婴。而硕果仅存的孩子们经历着从毒奶粉，到危险校车，到豆腐渣校舍等等的可怕事件。少年苦难则国苦难。

为什么相应政府还没有建立有公众监督的青少年保护机构？为什么我们的青少年保护法还没有规定社会和个人的更详尽的义务？为什么邻居家连续打两个小时孩子，却没有人报警？

谁又辜负了一个孩子的生命？

有没有一种电击器,可以击活良心?

2014 年 2 月 17 日上午 10 点 29 分,在深圳地铁蛇口线水湾站出口,35 岁的 IBM 深圳公司管理人员梁娅倒在台阶上,并保持这一姿态达 50 分钟。监控录像显示,在梁娅倒下后有发出求救的动作。三分钟后,有市民发现并告知地铁工作人员。随后地铁工作人员赶到,民警也在 25 分钟后赶到。11 点 18 分,急救人员到达现场发现梁娅已经死亡。

再看一条与之相对的新闻。美国当地时间 2 月 20 日下午 2 点 30 分,在美国佛罗里达州迈阿密繁忙的高速公路上,5 个月大的 Sebastian 突然在一辆车里脸色青紫,停止了呼吸。他的姨妈抱着他,冲出车并尖叫。附近的司机纷纷停下来帮忙,姨妈和附近一个闻讯赶过来的警官为他进行了心肺复苏(简称 CPR),最后 Sebastian 被送往了当地医院急救,并保住了生命。新闻说,Sebastian 是早产儿,并且有呼吸系统的问题。

简单看这两条新闻,得救的婴儿 Sebastian 因为有姨妈在身边,并及时为他进行了 CPR 急救。中间他虽然一度停止心跳,但经过急救恢复了心跳,才得以被及时送往医院。而梁娅倒地 3 分钟后被两个行人发现,其中一人报告了地铁工作人员。6 分钟后地铁工作人员赶到，一个工作人员用步话机汇报联系，但无论是行人还是工作人员都没有进行任何急救措施。

CPR 似乎是这两个事件中决定生死的关键词。

《纽约时报》的一篇《CPR 是怎么拯救生命》的专栏文章中说，在美国，每天有 900 人死于心脏骤停（心脏骤停可能是因为各种原因），其中 95%心脏骤停的人死于到达医院之前。 而这些人大部分是平时都很健康，没有什么疾病。 同时，对心脏骤停的人来说，心跳每停止一分钟，他们生还的几率就降低 7%～10%。也就是说，在 10 分钟之内没有得到有效的救援，他们生还的几率就微乎其微了。

Sebastian 的得救是一个奇迹，人们为他在高速公路旁急救的照片登上了世界各地的报纸。 对婴儿的急救 CPR 比成人还略有不同，对孩子而言，缺氧状态仅持续四分钟，他们的大脑就将遭到永久损害。 他的姨妈说，在 7 年前她接受过 CPR 的培训，到现场她居然没有忘记。 据统计，美国有两亿多人口，2000 年底已经有 7 000 多万人接受过规范的 CPR 培训。 在场的人们中不只有一位会 CPR，这就是一个佐证。

而在加拿大，红十字协会和其他一些非盈利组织都有专门的 CPR 培训课程，很多甚至是针对孩子们的培训，可以在学校和家里进行。 我在加拿大的两家公司都接受过 CPR 培训，培训师告诉我们这种以公司为单位的培训非常普遍，且有效。 他的一个学员曾经用 CPR 救了一个高血压的同事。 在我成为母亲之后，社区的妈妈们还自发地请老师培训了婴儿急救 CPR，婴儿的死亡率中排第四位的就是因为食物堵塞食管窒息致死，因此针对婴儿急救则更复杂些。 包括如何让食物滑出食道，如何放置安全位置，如何按压胸膛……但所有的课程都不超过 1 个小时。

同时，北美很多在公共场合服务的人员都有 CPR 培训的证书，从各大公司的保安人员、志愿服务者，到私人请的保姆都必须经过 CPR 的急救培训。 出于对生命的珍视，和对黄金急救时间的普遍重视，除了美洲和欧洲，甚至台湾都有"在机场、车站等公共场所强制设置自动提问心脏点击去颤器（AED）"的规定。

也许首先应该奇怪的是中国急救知识和措施的不普及。 但无论是 CPR 培训，还是 AED 电击器都是硬件，如果以滴滴和各种打车 APP 的普及速度来衡量中国人接受新事物的速度，那么普及和补牢也不是难事。 怕的是不普及背后的深层原因，和硬件之外人的差异。

在救援 Sebastian 新闻中，光被提及姓名的人就包括一名《迈阿密先驱报》的记者，一名附近执勤的警官，一个把自己 3 岁孩子留在车里赶来帮忙的妈妈，还有后来赶过来两个消防员。 在新闻照片中，可以看到人们围成一个小圈帮助 Sebastian 的姨妈进行人工呼吸。 繁忙的高速公路交通一度中止，不仅仅是婴儿的姨妈，警官巴斯蒂达斯也为 Sebastian 进行过 CPR 急救。 听到求救声之后，记者迪亚斯形容："众人数秒内立即赶至帮忙。"

梁娅虽然被及时发现，但是人们来来往往的地铁口，并没有一个人为她做任何急救。 梁娅的亲人们通过监控录像看到她摔倒后还有生命迹象，认为如果处置合理，完全有可能抢救回来。 梁娅的姐姐说，现在她只想问问：为什么让妹妹在冰冷的地上躺了那么久？ 50分钟里，没有人去扶她，也没有人给她盖件衣服。那两个深圳地铁工作人员的无救援，理由仅仅是没有受过急救训练的吗？ 和交通中断的迈阿密高速公路之间，我们缺少了什么？

就是梁娅倒地的深圳，率全国之先，在2013年8月已经出台了《深圳经济特区救助人权益保护规定》（以下简称《规定》）规定了助人者不用自证清白，举证责任由被救助人担负。 深圳相关官员表示《规定》的出台，也可以说蕴含了深圳想出台国内首部"好撒玛利亚人法"的雄心。

也就是说即使有这样的免责规定保护，两名地铁工作人员都没有尝试着扶起一名倒地的女子，这真的仅仅是CPR的培训和AED仪器的缺失吗？

有新闻说有老人在路上摔倒没有人扶；也有新闻说有好心人扶起了被车撞到的受害者，却被讹诈。 这一摔一扶，纠结了多少条新闻，已经把国人本来就已麻木的心弄得更无同情的神经。 当年为佛山小悦悦流下的无数颗泪滴，早已风干，并在梁娅的身边再次冷漠无视下去。

衡量一个社会的文明程度，就是看该社会中人的生命价值的重要性程度，生命权得到保护的程度，人的尊严得到尊重的程度。 一个对他人的生命不珍惜的国家，一个让倒地女子躺在地上，等急救车来负责的人群，让人悲伤。

梁娅的死，也许更需要是给缺乏爱心的社会做一次CPR急救。 有没有一种傻瓜电击器，可以击活麻木的良心？

我无法想象这个即将交给孩子的世界

人到底都容易患上轻度忧郁症。 这次，我的忧郁症，始于那个偶遇女儿幼儿园老师的早晨。

老师说，昨天幼儿园又有两个小朋友呕吐，两个高烧，还没有到流感高峰，每天都有小朋友病倒。 就在前两个星期，幼儿园的手足口病的病情严重，小班 12 个小朋友有 5 个传染上了。 幼儿园的规定是，只要有超过两个小朋友被传染，就要及时向家长通报，结果就是常收到这种邮件，大家都人心惶惶，家长们在这个时候都考虑暂时不让孩子去幼儿园。 但谁都有工作，怎么请假？ 有 20 年育儿经验的老师说：不知道为什么，现在病毒越来越多了，像流感这样，也是每年递进越来越严重。

不要说对正在建立自身免疫能力的幼儿园小朋友，整个世界又何尝不是这样？ 我们每年都要被新的病毒名词冲击，口蹄疫、疯牛病、萨斯、禽流感、猪流感、埃博拉……恐怕还有很多我没有注意到的新名词，各种癌症在我们身边的人身上发生的比率越来越高。 即使有乐观的人告诉我，这是因为现代人类的寿命越来越长，所以出现已知疾病的几率也越来越高，我还是觉得各种各样的病毒好像正在日新月异地把人类包围，就好像现实版《生化危机》。

如果仅仅有时常变异的病毒，我们的心情也不会如此灰暗。今年有多少可怕的事件发生？一架谜一样从航线上消失的MH370，一架被导弹击落的MH17，让每一次必须乘坐飞机的出行都变成了对自己心理的挑战，勇敢者的出征。即使平安出行，这个飞在天上的小社会也越来越丑陋：在飞机上让孩子小便的中国父母，大打出手让飞机被迫返航的乘客，还有那个差不多让"公主病"毁掉的大韩航空……我们可以列出一个"不能乘坐航空公司表"：马航绝不能乘坐，和俄罗斯强硬敌对的国家航空公司不能乘坐，中国父母和小孩多的要小心选择，大韩航空重组前也最好免坐。

那些让人噩梦频发的恐怖事件：近300名尼日利亚女中学生遭遇武装团体"博科圣地"（Bokoharam）绑架。英国《卫报》报道说，示威的父母和民间组织已经在政府门前抗议了230天（以12月15日为止），还没有得到任何关于那些女孩们是否平安，是否能够平安回家的准确消息。即使世界上有成千上万人们的呼吁、祈祷、抗议，这些爱、祝福和善意都像掉进了恐怖主义仇恨的黑洞，它无边无尽地吞噬着人们的希望和泪水。我们能够从新闻上知道的是，博科圣地绑架人质的行动还没有停止，上个月他们还从一个村庄掠走了100多名男子。

伊斯兰国（ISIS）仿佛是所有恐怖组织出现的最极端、最反人类的形式，他们无数次破坏村庄，虐杀无辜，强抢女性……一次一次把西方人质砍头，再用视频公布于世。在这个问题上我总是想不明白，本·拉登不是已经被杀死了吗？ 为什么恐怖主义却愈演愈烈？ 伊拉克不是被民主化了吗？ 为什么那一片土地还如此惊人地充满死亡的恐怖气息？ 叙利亚和利比亚又是怎么回事？为什么四处生灵涂炭？ 伊斯兰国的所做所为远远比"9·11"一瞬间对人们信念的摧毁更为严重，因为它把人类的痛苦拉长，在偶尔精神不再全面紧张的时刻，它重新让你记起那颗手起刀落下的人头。 它像蚁穴蛀于千里之堤，渐渐蛀空我们对和平和人性的信任。 就在最近的 12 月 16 日，塔利班一群持重型枪械的枪手对巴基斯坦西北部一座军方管理的学校发动了袭击，在这次袭击中至少有 145 人遇难，其中逾 100 名是孩子……这世界比从前更坏了，除了基地组织，还有塔利班、博科圣地，和伊斯兰国这些恐怖组织，他们甚至专门对手无寸铁的孩子们进行屠杀。

更为丧心病狂的是所谓的"独狼恐怖分子"。 连世外桃源般，在国际事务上常以中立形象出现的澳大利亚都无法躲避这样的恐怖暴力事件。 以洁白的贝壳状歌剧院而闻名于世的悉尼市中一家位于中央商业区的林特咖啡馆（Lindt）里，50 岁的伊朗难民曼·哈伦·莫尼斯（Man Haron Monis）劫持了 17 名人质。 整个事件在成千上万人的在焦虑注视中度过了漫长的 16 个小时，让人们震惊和悲怆的不仅仅是两名人质失去了生命，还有，为什么暴力无处不在，甚至毫无预示地出现在最美好和平静的国度和城市里，这里本没有地区分裂，民族矛盾和宗教仇恨。

如果让我在这些种种上再加上一条，那就是"网络暴力"。 每年都有越来越多的青少年因为校园欺凌而受伤害甚至失去生命，而现在校园欺凌加上网络的暴力让那些施暴的人有如黑暗中微笑的幽灵，更加有恃无恐。 我永远无法忘记的是加拿大 15 岁少女阿曼达·托德（Amanda Todd）在 Youtube 上上传的一段黑白视频，视频的名称是《我的故事：挣扎、欺凌、自杀、自我伤害》。 饱受网络暴力和校园欺凌的她，随后自杀。

每天清晨读新闻，对于一个母亲来说都是一场磨难。

我无法想象这个我们即将交给孩子的世界，清洁的饮用水越来越少，原始森林和野生动物逐渐消失，能源被开采近殆，还有越来越严重的污染。 每一次带孩子们回到我出生和长大的故乡，都考虑要不要每一分钟都给她们戴上防污染的面具。 不仅仅如此啊，还有无处不在的恐怖暴力，各种霸权各种分裂各种国家地区的矛盾，还有那些丧心病狂的病态杀手……这是一个越变越坏的世界！

当深陷对世界的绝望的时候，我会想起 11 月底在蒙特利尔开会时，在街头遇到已经退休的达莱尔将军（Roméo Antonius Dallaire）。 1994 年，他是联合国在卢旺达维和部队的指挥官，在精锐的比利时军队面对动荡局势撤离卢旺达之后，他带着不到 300 名由加拿大、加纳、突尼斯、孟加拉等国士兵组成的部队坚守，拒绝撤退。 在请求联合国增派维和部队被拒绝后，他依靠这一小支部队，努力控制基加利市一些大量图西族难民避难的地区，挽救了 2 万名图西族平民的生命——虽然对于被屠杀的 80 万到 117 万平民来说，仅仅是一个小数字。 达莱尔将军在接受 CBC 访问时说：让他最为痛苦的是，面对胡图激进分子屠杀百姓，他因为联合国的命令不能开枪制止。而他自己，回到加拿大之后，也饱受"创伤后遗症"的痛苦。2004年，加拿大广播公司拍摄了纪录片《与魔鬼握手：达莱尔之路》，记录了他在卢旺达亲历的历史。

有一天，我在温哥华 Robson 街上的星巴克买咖啡，排在我前面的那个中年女子买了4杯热巧克力。天气寒冷，当我买好咖啡推门而出的时候，看见她正在把一杯热巧克力递给那个坐在门口的流浪汉。转眼，她走到下一个路口，把热巧克力递给另一个流浪汉。看我注视着她，她简短解释了一句："一杯热巧克力而已。"

在担心这个世界越来越坏的黑暗中，一名不肯逃离大屠杀人间地狱的将军和一个为流浪汉买巧克力御寒的路人，总会让人有一丝希望，一丝光亮，但他们并不能拯救整个下沉的世界。下一次逛街我也会给流浪汉买几杯咖啡，给街头艺人放几个硬币。我知道，如果我的孩子被掠走，我也会坐在街头230天（尼日利亚女孩子被掠走230天）一直祈祷和抗议，我知道，假如孩子受到校园欺凌，我会带她回家自修……但我不知道怎么样让这个世界停止变坏？我希望手中有一把可以捍卫它的美好的武器，听说，我们只有爱，和怜悯。

第二章

像一个文艺青年一样走来走去

乔布斯也曾是文艺青年

还记得我十四岁时勾勒的理想——就是住在森林边的一个木屋子里，每天以作画写诗为生……（此处省略的是赤脚、蕾丝和长裙）但我爹及时把我拉回了现实生活，他说："当你卖文为生的时候就把爱好当成了一份职业，那么你的生活中就没有爱好了。"我不能容忍自己失去爱好，所以作罢。多年后想，那不过是一个说辞而已，他实在怕我作画写诗为生，最后流落街头。

多年后，从事了十多年大公司财务工作的我陷入了一种已经贡献了人生、美丽和青春现在要追寻理想的雄心壮志中。尤其是看过《美食、祈祷和恋爱》作者、女作家 Elizabeth Gilbert 在纽约附近小镇上一座即将出售的价值 100 万房子后，我向周围所有朋友宣布我要辞职，做一名专职作家。一个当年和我一起一分钱不拿，还自己掏腰包请客吃饭办简体中文报纸的兄弟用深沉的目光看着我说："你要选择做作家就别结婚生孩子啊，你可以四处流浪并伤心着，像一只荆棘鸟，然后才能惊世骇俗地歌唱。"说这席话的兄弟，自己就是一个标准文青，曾经用文字骗过很多文艺女青年。他身边也有把房子卖了，把工作辞了，专心做摄影的兄弟。

然而他告诉我，不要卖文为生，不要把过好日子和文艺逼得互为敌人。

我想我就是苗炜老师说的,在外企上班还每周看话剧,还要写剧评翻译外文的那类文艺女青年。 但文学中年比文学青年更狠的地方是,下了班回家做饭洗菜把娃哄睡,10 点钟以后,往桌前一坐开始读书写字。 写第二本书时,我上班,大女儿上托儿所,我怀着老二直到离预产期还剩一个星期完成了书中最后一个字。这么多年以来,我已经懂得了要先把自己照顾好不愁吃不愁喝,才能让所写的每一个字都是为了理想燃烧。 我觉得,这样燃烧后的文字,含金量比较高。

我还有一个朋友,从前是一个知名公司的副总裁,在北京有不止一套房,老婆是某外企高管,孩子读人大附中。 我遇到他时,他已经辞了职成为一个作家,我们一起报了一个如何在亚马逊上成为最畅销书作家的讲座——后来发现那是一个加拿大骗子忽悠人的课程。 他告诉我,40 岁生日那天,他在内蒙古出差,在蒙古包里喝了很多酒以后,到大草原上去看星星,然后对自己说:"TMD,我得专心写作,不然就来不及了。"我不知道他是不是像各种小说里描写的那样,一个中年男人终于望见了自己的暮年,把栏杆拍遍,大哭一场。 但是也千万别往《月亮和六便士》那里想象——他离开北京,出现在温哥华,拿着一个 Apple 笔记本成为了作家。 但是,他带着老婆和孩子,每年能完成好几本小说,还有一本已经拍成了电视剧。

这里讲得不是一个高端人生,而是在说,在你真正把人生都品味过了再做的选择才会有所底气。 而且,他起码有了积蓄,才可以纯粹地文艺。而且这个文艺里容得下家人,也容得下自己。苗老师说,养活自己和爱好文艺两件事并不相违。多大的实话啊,你起码得把自己扔到现实生活中混个人模狗样了,才好意思说自己也有理想。

文学和音乐当然可以成为一个穷人活下去的力量,在众人看见满地的便士的时候也当然可以只有你一抬头看见天上的月亮。但爱和责任不可以成为一个穷人活下去的力量吗？不逃到一个避世无人的太平洋的小岛上,你就看不到月亮了吗?

作为所有女文青最爱的张爱玲,那"铜钱大的一个红黄的湿晕,像朵云轩信笺上落了一滴泪珠,陈旧而迷糊"大概是她躺在为了省钱印刷的白纸上看到的(为了省印刷费用,张爱玲曾经买了很多白纸,放在家里,占据了很多地方,以至于她要在上面睡觉)。那时她住在上海有热水龙头的租界公寓,听着电车哐哐回车场的声音,想象着战乱结束她可以回到香港完成学业。这一切有着一个文艺女青年的勤奋和世故,那也是对自己的一种责任和自我保护。

如果你们还不相信,让我再给讲一个我最爱的文艺青年的故事。

这个青年在读完大学第一年之后,为了给父母省钱就退了学。退学之后,他依然在校园里闲逛,旁听各种他认为有趣的课程,每周把在校园里捡到饮料瓶换成钱吃一次 Pizza。直到一天,他认为自己应该去印度朝圣,就离开校园去应征了一个职位。那时,他穿着破烂衣衫、赤着脚、留着长发。他还不喜欢洗澡，以至于当他得到那份工作的时候，总管建议他晚上工作，这样不会因异味扰人。 工作不久，他就向电子游戏公司辞职，理由就是，要到印度见圣人。

然后，他依旧穿着破烂衣衫，赤着脚，就这样又游荡到了印度，每天挤在公共汽车里体验着极度的贫穷和疾病，看穷人们捡垃圾……比今天的文艺青年的标准像有过之而无不及。 他在印度近一年的时间，而这段经历使得灵修、禅贯穿了他的整个一生，乃至他生了肝病都不肯用西医的方法接受手术治疗，而坚持用食疗法。 据说，直到他成立了自己的公司后才改掉了赤脚的习惯。

我说的就是当年的屌丝文艺青年乔布斯，他青年时代的朋友说，乔布斯告诉过他："我只能做好一件事。 我觉得我可以通过做好这件事来帮助这个世界。"

并不是说每个文艺青年都得开个电脑公司，但是从西藏、尼泊尔卖完呆回来的青年们可以想一下自己是不是可以认真做好一件事情。 做好一件事情，至少可以养活自己了吧。

所以文艺青年不能光读纯文学作品，偶尔也要读读乔布斯的传记。 并不是一个小时代之后我们才开始嫌弃文艺青年，而是文艺青年可以做得更理想一点。

加拿大式拼爹

前几天《人民日报》有一篇文章说，德国也拼爹。那我讲一个加拿大式拼爹的故事吧。

加拿大自由党新晋党魁、国会下议院议员贾斯汀·特鲁多（Justin Trudeau）是加拿大已故总理皮埃尔·特鲁多（Pierre Trudeau）的长子，加拿大历史上第二位在其父亲担任总理期间诞生的人物。他的父亲老特鲁多曾是加拿大政坛的风云人物，曾两次担任加拿大总理，任期长达16年之久，是加拿大历史上任期最久的总理。他的母亲玛格丽特是位社交名媛，人们都说小特鲁多继承了母亲的美貌。他有大批女性粉丝，还被戏称为"特鲁多王子"。

小特鲁多有文学和教育双学士学历，和他父亲一样会说英法双语。大学毕业后，他在温哥华的两所中学担任社会学和法语老师，随后他尝试回到学校学习工程并攻读硕士学位，但深造被参政打断了。

当年老特鲁多非常重视保护自己的三个孩子的隐私，从总理职务上卸任后，就把孩子带到蒙特利尔养育，从小很少曝光。小特鲁多隆重地出现在公众视线是因为老特鲁多在2000年去世，他在父亲的国葬仪式上致悼词，恰如其分的文采和真挚的感情赢得无数人心。葬礼后，加拿大广播电台（CBC，它在加拿大的地位有如央视）收到大量观众打来的电话，要求重播小特鲁多致悼词的那一段。2003年，CBC出了一本记录加拿大过去50年重要事件的书，其中就收录了小特鲁多的那段悼词。

从那以后，讲演成了小特鲁多的副业。他的讲演从一开始的几千元一场到现在的几万元一场，最近一次被曝光的慈善募捐活动中的讲演他收了2万元的讲演费。在公开的财产记录中，他在10年多的时间里，就有130万加元的讲演收益。他也被最近一段时间处于劣势的自由党所重视，希望他可以带来新的士气。

2013年小特鲁多以80%的投票率毫无悬念地成为自由党的党魁，他有极为精彩的演讲家风范，可以和任何一个好莱坞男星并肩的相貌，同时拥有一个以社交网络来随时联系选民的团队。在格调保守、行事老套的加拿大政坛，主演着一部偶像剧。在他还没有当选党魁时，已经被加拿大权威商业杂志Macleans评为"最有影响力的政界人士"。而且，大部分政界人士都是半页照片，他是整整一页。

人们还是认为他仰仗父荫。他的家世是一柄双刃剑，让他得到注意，也同时让人们对他更为苛刻。他会被拿来和他以聪明著称的父亲相比，也会有人恶作剧地提起他美貌但是有些13点的母亲。加拿大《环球邮报》专栏作家Jeffery Simpson在他的文章中直接说小特鲁多具有花仙彼得·潘的特质，他的政治能力以及治理国家的才能还有待证明。

一张很帅的面孔和一个前总理父亲还不能保证他的成功，在2015年大选前，他还有很多功课要做。

除去成为党魁的这一段，小特鲁多其实是加拿大官二代和富三代的代表。小特鲁多的爷爷是蒙特利尔一个大富商，身家丰厚。

加拿大有家庭背景的孩子的成长轨迹基本相同，小时候读私立学校，学习骑术、钢琴、高尔夫球，跟学校去参加一些国际比赛……基本上加拿大的中产阶级家庭都能做到这些，有背景的孩子最多比其他的孩子多受一些教育，多出国度假见些世面。长大以后，在父母去世得到遗产之前，基本上还是要靠自己打拼。

就拿我先生的前老板为例，他父亲是前面提到的 *Macleans* 杂志的创始人，叔叔好像还是政界人士，他也认为自己流着"蓝色的血液"。但他行事低调，从年轻时就自己创业，自述也是经历各种艰辛，至今也不算太有钱。他的兄弟在加拿大的一家金融报纸工作，算是管理层，但也只是打工族——连股东都不是。

至于《人民日报》提到的，美国白手起家的人凤毛麟角。很多人马上联想起比尔·盖茨，有人说他的母亲是银行大股东，更有人说是 IBM 的董事。似乎他的公司自然有人帮他投资，有人帮他拿到第一笔合同，更因为他的父亲是律师，所以在华府政界也人脉甚广……这简直是中国式成功学的最好案例。

美国畅销书 *Outlier*：*The Story of Success* 中作者 Malcolm Gladwell 用了很多统计数据来分析成功，其中提到比尔·盖茨的一万小时。那就是比尔·盖茨还在湖畔中学时候，就开始对计算机编程产生了兴趣，在他退学开公司前已经积累了一万小时的操作时间。

在这个积累并起到决定作用的一万小时中，他的家庭带给他的影响是，首先他读的是私立中学，而这座中学居然有自己的机房，那时，全世界也没有几个大学有机房。其次，他家还离华盛顿大学很近（在美国，大学区大部分是富人区），在他和保罗·艾伦用完了中学可以编程的连线时间后，就夜里跑到大学去用计算机。

盖茨的母亲是 IBM 的董事没错，她本职是一个教师，后来成为 United Way（一个公益组织）的地区主席，应该说是因为社会活动进而成为 IBM 的董事，这和 IBM 管理层并有决策权有些区别。更何况，你首先得承认盖茨在那个时代就是凤毛麟角的计算机天才。再者，还有乔布斯呢，他是被领养的，他养父母连大学都没有读过，而且是普通的工薪阶层。

美国社会最为自豪的一点就是，社会阶层的金字塔底层的精英们上升到金字塔顶部的流动性。正是这个流动性确保了美国在各个领域的领先，使得引导美国社会的精英血液总是新鲜并充满活力。这也是本杰明·富兰克林、亨利·福特们所代表的美国梦。

虽然 20 世纪 80 年代以后，美国社会学家开始警告这个流动性的降低，说从底层向上层输送血液的精英机制没有它的前辈那么畅通。让我们看看目前的数字吧，22%的出生于最穷 10%家庭的美国人一直留在那个阶层，在加拿大是16%；26%的出生于最富有的10%家庭的美国人一直停留在那个阶级，在加拿大是18%。

诺贝尔奖获得者，美国经济学家加里·贝克尔（Gary S. Becker）在80年代曾经说过，在美国父亲们的收入和他的孩子们的收入之间只有不紧密的联系（Mild Relationship）。十年后，因为数据收集的全面性，其他经济学家认为这个联系比贝克尔判断得要紧密，但也承认，这主要是富有家庭在教育上给孩子投资更多的缘故。

我们可以自问一下，出生于最穷的10%的家庭的中国人有多少人一直最穷？可以自问一下，富有家庭和贫穷家庭主要是教育投资上的区别吗？

《人民日报》2010年的一篇文章中提到："中国人民大学学生处的有关负责人介绍说，上世纪90年代初，该校学生中约有一半家在乡镇农村，现在这个比例明显下降。此前，中国农业大学对新生城乡比例的调查显示，1999年至2001年农村新生均在39%左右，2007年已跌至31%。南开大学的一份数据表明，2006年该校农村新生比例约为30%，2008年为24%。"

不但如此，那些农村出身的大学生们在毕业半年后有35%的找不到工作——这是2007年的数据，在大学扩招以后，这个数据恐怕还要增加。"专家称，普通人家子弟，因为父母无金钱和权力，难以进入社会上升通道；有着强大社会资源的富有家庭的孩子，可轻松获得体面工作及更广阔发展空间。"

北宋学者汪洙曾经有"万般皆下品，惟有读书高。 朝为田舍
郎，暮登天子堂"的诗句。 今天，从田间到天子堂的传统途径都
有可能行不通了。

让我们再回到加拿大拼爹的故事中来吧。 小特鲁多前一阵
子碰到了麻烦，原因是他在 2012 年给一家慈善机构的募捐会讲
演时收取了 2 万加元的报酬。 事后，慈善机构抱怨说，支付了
小特鲁多的讲演费用后，他们筹到的钱所剩无几。 一时间，全
加拿大的新闻媒体都把矛头对准了小特鲁多，反倒是美国人看热
闹说了句实话：请名人讲演，才会有人来募捐，你事先又没要求
义演。

但是小特鲁多还是公开道歉，声明要把钱退回去。

不但如此，小特鲁多还公布了自己的收入和财产，包括自己
从老特鲁多那里继承了 100 多万加元的遗产，自己和妻子从前住
过一栋 120 万加元的房子，现在卖了，买了一栋 70 万加元（还有
贷款）的家庭住房。 他在推特上说，自己有 100 多万加元的投
资，但是自己绝不过问投资到哪个企业或行业，害怕这些投资会
影响自己未来的政策决定。

至于他的二弟 Alexandre Trudeau，则是一个非常出色的记
者，曾经跑到伊拉克战场拍过新闻纪录片 *Embedded in Baghdad*，
现在开了一家小电影制作公司。 他们兄弟两人，既没有在什么垄
断行业中任职，也没有闷头发什么大财，连小特鲁多的党魁都是
公开选举得到的。

即使"拼爹"是小特鲁多的政治资本，这个资本也相对透

明。更何况比尔·盖茨在一所中学（MT. WHITNEY HIGH SCHOOL in Visalia, California）讲演时对中学生们说："如果你搞砸了，那可不是你父母的过错。"

最后还是得靠自己。

全球的孩子都买不起房，纽约也一样

"伟大的城市吸引雄心勃勃的人，当你在其中一座走一下，它会用一百种方式微妙地告诉你：你应该做得更多，你应该更努力。"美国著名的程序员、风险投资家、博客和科技作家保罗·格雷厄姆（Paul Graham）在一篇《城市与雄心》的文章中写道的。

格雷厄姆是个如此有趣的人，他拥有哈佛计算机方向博士学位，同时在佛罗伦萨艺术院学习过绘画。他创建的公司曾经以5 000万美元卖给过 Yahoo，之后他又投资过数家初创科技公司。在他看来，每个城市都在散布着自己的小广告，纽约说：你需要更有钱；波士顿（或者说是剑桥）说：你需要更聪明；而硅谷则在说：你需要更有权势。

他对伟大的城市吸引精英，或者精英创造城市的伟大深信不疑。如果不是这样，15 世纪米开朗基罗和那些伟大的艺术家为什么都在佛罗伦萨而不是米兰？而马奈和雷诺阿为什么都到了 19 世纪的巴黎？我想，正是关于这些城市的传说，在那些雄心勃勃的年轻人们中间口口相传，才让他们前赴后继地离开家乡，奔向那花花世界的大城市。

15 世纪的佛罗伦萨、19 世纪的巴黎、20 世纪的纽约和 21 世纪的北京。在写《他们的中国》时，我结识了好几位艺术家朋友，有一位在798开过摄影展的美国自由摄影师告诉我：他觉得21世纪的北京就是19世纪的巴黎。说这话时，他的脸上有一种站在世界之巅的表情。摄影师的妻子是美国常春藤学校的MBA，被美国最大的几个企业之一派到中国做管理层。而他自己走过世界不少地方，为联合国和一些非营利组织摄影，他的照片里有非洲的孩子、亚洲偏远地区的妇女……我深深地为他的话和表情打动。

还有一位来自德国的年轻学者，他热爱北京。因为忍受不了在北京上下班高峰时间挤地铁和公共汽车，春天一到，他就在三环上骑车上下班，伴着常常挤入非机动车道的机动车和摆到马路边上的早市摊。他说："我喜欢北京……因为我感觉，北京每天都有一些非常非常重要的事情发生。"他为成为其中的一部分自豪和兴奋，只是不确定怎样插手其中。

关于生活在诸如北京这样的大城市是不是这般重要，我本人没有发言权——我就出生在北京，但是我可以讲一下我姥爷和爷爷到北京的故事。姥爷家世代生活在关外一座小城。姥爷年轻时留日，归国后因为长子的责任回小城当了一个中学校长，他还带领全校师生躲避过日本兵。解放后，为了建设新中国的理想，他离开家乡到了教育部就职。我爷爷则祖籍东北，直到日本三菱重工修建丰满水电站，征了爷爷家的地，给了他们十几块银元的搬迁费又把村里机灵的小伙子包括爷爷召集去建水电站。爷爷在那里学了先进的机械技术。1949年新中国成立后，因为政府要修铁路，他就一直修到了北京。 总之，50年代，他们都是作为小城或农村的优秀青年带着自身的价值和理想，进了大城市。

和今天一样，大部分离开故乡生活在北京、上海这样大城市青年人，不光是有着梦想，自身价值也被经济更发达的大城市所需。 只不过，新中国成立初的那一代年轻人都是经过政府选拔从而为政府和国家工作。 不像今天的很多年轻人，没有根基成为"北漂"。 不过今天的"北漂"中甚至有不少外国人，反正他们在纽约也是漂，在北京也是漂。

北京今天经历的物价高涨、交通堵塞、房价高涨之痛，也是世界上其他大城市之痛。 最重要的是，北京那些生活在贫富夹层中的年轻白领的同样经历过状态和一些美国的年轻人也没有什么巨大区别。《穿Prada的女魔头》中的那位刚刚毕业的女助理，工作初期，不但要加班加点地工作，还要和父母借钱付房租。 在纽约，很多青年小白领不但工作压力大，经济压力也大，每个月支付了房租、生活费和社交费用就所剩无几了。 还有些年轻人因为担负不起在外面租房的费用，就挤在父母的地下室里，他们就是美国媒体一直谴责的"中青年"（adultescent）。 其中一部分原因正在于大城市的物价高，工作竞争激烈。 在这些城市里，年轻人的学历越读越高，结婚越来越晚，生育率越来越低。

以纽约为例，曼哈顿、布鲁克林和皇后区都登上美国生活最昂贵地区排行榜。 曼哈顿的生活指数为225.4，美国的平均水平仅为100。 以专业工作的小白领的竞争压力也更大（专业工作就是英文的Professional，比如广告文案、建筑师），《纽约时报》专栏作者 Cathrine Rampell 提到纽约的平均通勤时间全国最长（35分钟，相对于全国的 25 分钟），很多教育程度不高的人搬离了城区。 从 1980—2010 年，大学毕业生的人口增加了 73%，而非大学毕业的就业人口降低了 15%。 而且，穷人生活在纽约更为艰难，以他们消费能力和习惯，买食物和必需品，要支付比全国其他地方高出 20% 的价格。

无独有偶，《纽约时报》做过一个"你愿意生活在城市、市郊还是乡村"的问卷，很多答卷的年轻人表示自己就住在纽约，抱怨纽约的种种，却不得不承认还希望住在纽约。 而另外一份针对纽约的问卷则表明：84% 的人表示对纽约满意或非常满意。 也就是说，像纽约这样充满大城市弊病的城市，人们却依旧欣然向往。 要知道，在华尔街任职且年薪百万的人只是这座城市里的极少数，大部分依然是普通人，这是为什么呢？

也许是格雷厄姆提到的城市与雄心，也许是那种生活在 19 世纪的巴黎的感觉不容错过，也许是觉得每天都"天将降大任于我"的自我意识。 作为成功者格雷厄姆认为：一个人在年轻的时候，应该尝试多在几个城市生活一下，选择其中一个气质最适合自己的。 而专栏作者 Cathrine Rampell，作为一个年轻的专业人士，则认为：鉴于纽约这样的大城市对人才的要求越来越高，而且贫富分化得令人震惊，还有第三种选择就是那些中等收入的城市。 比如休斯顿和北卡的夏洛特，这些城市适合那些逃离纽约的人。 哈佛经济学家 Edward L. Glaeser 也指出：这些城市通常有更宽松政策和规定，也正在良性发展。

北上广也许也充满了各种雄心勃勃的年轻人，但是他们经历着比纽约和美国其他大城市更为恶劣的环境——大气污染、上下班高峰拥挤到可以挤断肋骨的地铁，还有在上班路上可怕的时间。纽约的平均时间是 35 分钟，2012 年《南方日报》公布的数字，北京是 1 小时 32 分钟，而上海紧跟其后为 1 小时 17 分钟。问题是，中国除了北上广，有没有一些正在发展，收入中等，适合逃离的中等城市？也就是，除了大城市和小城市，我们有没有一些充满了活力和气质的中型城市？也可以让人感到，你应该做得更多，你应该有更努力的冲动，而不需要在上下班时间中，浪费生命。

让我接着把自己家的故事讲完，因为它好像一个寓言。

进入了北京政府机关的姥爷，因为不习惯坐办公室，不久积极响应了"支援边疆"的号召，到了大西北的一个边远城市教书。也就四五年之后，"文革"刚开始，他就因为留日的背景被打倒。因为远离政治斗争中心，他只是短暂并象征性地在校园里被批斗了几次就被下放到了农村。在农村，他因为是一个教书先生而备受尊敬，谁家杀猪都会请他去吃肉，他甚至在那个时候有了打牌这样的爱好。我几次听姥姥说，是去西北小城市的决定救了姥爷的命。

伟大的城市指引人上升，而那些小城市像一张安全的网挂在那里，拯救或者让我们躲避。

全民老公王思聪为富二代正名

当微博上出现众多"王思聪的老婆"时,好像中国成千上万个富二代们现在终于有了一个比较酷的头儿。 但是,当我试图在加拿大和美国寻找一个类似版的"王思聪"的时候,却难度重重。

无论怎样在最受本国商业人士推崇的美国《纽约时报》和加拿大《环球邮报》上检索英文的"富二代",出现的链接都是近年关于中国富二代留学生的新闻报道,而且很多。

所以,我只好从富二代的爹说起。

首富的孩子们

加拿大首富吉姆·帕蒂森(Jim Pattison)在他的自传 *Jimmy* 中曾写到,在20世纪60年代经营第一个车行时,他曾经亲自送车上门,因此目睹了很多温哥华富家子弟的骄纵与跋扈。 他发誓要让自己的孩子从小打工,不能成为这样的富家子弟。

我们无从知道帕蒂森是不是一如初衷,让孩子自力更生地长大,因为他的孩子们一直生活得极为低调。 即使他唯一的儿子小帕蒂森2007年成为Ripley娱乐公司的总裁,人们对他也知之甚少。 媒体报道他从1990年起就为Ripley工作,17年后才成为公司总裁；年轻时代他曾经是汇丰银行温哥华分部的一个商业客户经理——这是任何一个大学毕业、有几年工作经验的人都可以找到的职位。 我们可以确定的是，吉姆·帕蒂森并没有拿出 5 亿人民币或者加元让他儿子从 26 岁就开始练手。

美国首富巴菲特（Warren Buffett）的音乐家儿子彼得·巴菲特已经被媒体们挖掘出来，他的故事在网上广为流传，大意无非都是，"我是一个超级富豪的穷儿子"。 从大学辍学后，小巴菲特就靠制作音乐糊口，据说他 30 岁时还和一家四口住在一个 100 平米的房子里，他于是第一次开口向老爹借钱，但老巴菲特拒绝的借口是："金钱会将我们纯洁的父子关系变得复杂。 你应该像其他美国人一样贷款买房。"虽然不借钱给儿子买房，但是巴菲特每年都会给各大福利机构捐上亿美元做慈善。

还有比尔·盖茨，他在众多的采访中都表明过他会把财产的 99% 捐给盖茨基金会，只留 1%，也就是几百万美金给他的三个孩子。 甚至有报道说他连 1% 的遗产也不会留给孩子，因为"留遗产既不利于孩子，也不利于社会"。 盖茨最大的孩子目前还不到 20 岁，尚未进入公众的视线，所以还不知道他的孩子们长大成人之后会不会在微软有一席之地。

总之，像王思聪这样招摇的富少，除了美国希尔顿家族的帕丽斯·希尔顿之外无人出其右。 但要说王思聪是中国的帕丽斯·希尔顿肯定不合适，因为希尔顿除了穿名牌扮靓好像并没有做意见领袖的志向。

寻找加拿大的富二代

　　寻找加拿大富二代也不是很容易，因为大家都知道他们住在富人区，从小穿着带校徽的制服上私校，比别的孩子更早地到迪斯尼乐园度假，到了青春期也会结伴抽抽大麻，做做恶作剧……但是他们并没有像中国富二代一样成为一个受社会瞩目的群体，也没有像中国的富二代组织成豪车俱乐部，成批地把高速公路当成赛车场。除了参加美国电视台制作的真人秀节目，他们整体来说非常低调，也相对有家教。

　　我有一个朋友就是加拿大富二代，家里经营一家几百雇员的造船厂，这在加拿大算是中型企业。他每天穿着格子衬衫，开着一辆很破旧的大众捷达早出晚归，看起来就像一个工薪阶层，他说自己就是给父亲打工而已。除了全身上下没有一件奢侈品，他的手机竟然还是用了好几年的摩托罗拉翻盖款。唯一和普通工薪阶级不同的是，他有两张很好位置的冰球、橄榄球和足球的年票。他的娱乐就是在冰球季，每周拿着瓶加拿大啤酒和朋友看现场冰球。有一次说到他父亲喜欢开有各种新式功能的好车，但是即使有最好的后视摄像头，还是不小心撞到了电线杆上。问他是什么车，他犹豫了一下，说那车他也不认识。其实，他是不愿意炫耀。弄得我很不好意思自己的失言。

　　还有一个朋友的父亲是加拿大一家著名杂志的创始人，叔叔曾经竞选过温哥华市长，弟弟是一家财经报纸的执行董事。因为有这样家庭背景，他认为自己有"老温哥华"的蓝血（Blue

Blood，指贵族血统）。 所以，他为人处世都刻意地低调，比如他即使穿着名牌也一定是标签藏在最不容易看到的地方，到餐厅吃饭对侍者十分温和客气，还要留一份足够保持他骄傲的小费。 他虽然住在温哥华历史悠久的富人区，太太也闲赋在家像其他的富太太一样研究厨艺和园艺，还出了一本法国烹调书。 但他自己说，他从20岁起，就没有向父亲要过一分钱，他自己白手起家经营过一个又一个公司，失败了重头再来。 所以今天保持风光的一切，都是自己奋斗而来。

他说他20多岁创办的第一家卫星电讯公司，为了和技术人员安装设备，在加拿大最严寒的西北地区一住就一个月。 那里人烟稀少，他还记得坐在冰天雪地的野外喝着威士忌抬头看北极光，遥望理想。 现在他担心自己的儿子，在层层保护和优越感中长大，会不会还有他当年的斗志。

假如这两个富二代有什么共同特质的话，那就是自律和低调。 其中原因也许和他们从小受到的教育有关，最浅显的教育就是加拿大人在公共场所对孩子的管教极为严格，连蹒跚学步的宝宝都很少在餐厅大吵大闹，更不要说满地乱跑了。 他们从小出现在公共场合，也被要求穿着整齐，懂得谦让有礼，懂得照顾其他人的感受。 作为男性，他们还从小被教育为女性拉门，让他人先走……具有绅士风度。

从深层来讲，则是西方的中产阶级依然崇尚贵族精神而对暴发户式的浅薄嗤之以鼻。 这个价值观不仅仅为中产阶级接受，而且经历了几百年的历史，至今为上至达官贵人，下至平民百姓所认可。因为加拿大深受英国影响，这种贵族精神也同样延伸到加拿大民间。

它的核心是：荣誉、勇气、责任及精神。

以贵族精神为自我追求

不能说加拿大和美国的富二代们都把贵族精神当成自我追求，尤其是近年来在大众文化熏陶下的孩子们更追逐自我，注重即时利益的目标，这些恰好和忍辱负重、对社会有所承担的贵族精神背道相驰。

但是我还是想讲一个小故事，讲讲在加拿大社会中依然被人认同的价值。

2002 年，加拿大的一所私立中学的孩子们在落基山脉集体滑雪的时候遇到了雪崩，有 6 个孩子失去了生命。我们说的是这个城市里最好的私立中学，11～13 岁的孩子，他们的父辈都是这个城市里的成功人士，大公司的高管、律师、议员等等。失去孩子和惧怕自己孩子未来的安危的父母们在事发生之后给校长联名上书，要求取消学校的一些具有危险性的活动，比如野外滑雪、马术、童子军夏令营。

不久，校长回复了一封公开信，他说勇气、诚实、富有责任感和同情心是我们一直的追求，并希望我们的孩子们具有高贵的品行。我们不能因为一次灾难就放弃我们对勇敢和勇气的信仰，让孩子们害怕下一次冒险。我们可以更加小心谨慎地组织未来的活动，但是不准备放弃传统的课外训练。

校长的决定得到学校董事会和大部分学生家长的支持。 那也是我第一次意识到，还有人把勇气、诚实、责任等这些精神放置在比生命更高的尊严之上。 而真的有一群人，愿意让自己的孩子不是生活在锦衣玉食之中，而是让他们经历一些严格和艰苦的训练，让这些精神成为品质和标准。

经历过雪崩的那些孩子的同学们，今年已经 20 出头了。 我在想，假如他们有一天接受采访会不会说出"我交朋友不在乎他有钱没钱，反正都没有我有钱"这样阔绰十足的话。

在中国今天这样的社会中，王思聪这样的富二代其实还是很好的孩子。 因为他除了招摇、毒舌之外，目前并没有曝光什么不良的品行。 换句话说，我们整个社会不要说对第二代，就连第一代也不是要求有钱就好吗？

这真的不能怪富二代们。

富豪和慈善午餐

用中国富豪陈光标在纽约请美国穷人吃免费午饭作为讨论慈善意义的开头似乎不够厚道——陈光标向雷锋墓磕头献花，自诩为雷锋的传人，显然是把"学习雷锋"和"慈善"两件事弄混了。但既然他说自己到美国请无家可归人士吃饭"主要就是刺激纽约的富豪、华尔街的富豪、美国的富豪和世界的富豪，都应该行动起来向标哥学习，帮助穷人"。我们可以看看美国富豪是不是需要向标哥学习。

私人银行美国信托（US Trust）银行今年进行了一项小调查，它从美国180万名"富有"的人士（看上去是指可投资资产超过300万美元的人士）中，选取680人进行了调查。这些富人中年轻一代也就是35岁以下的"千禧一代"中75%"会将所投资公司的社会和环境影响，视为影响投资决策的重要因素"，三分之二的人"将投资决策视为表达社会、政治或环境价值观的一种方式"。也就是说，他们投资的方式更有良知和责任感。美国信托银行的调查同时显示，十分之九的美国富人似乎希望通过慈善和政策手段实现"更高收入、更多机会"。美国的富人们也担心社会不平等现象的加剧。

今年刚满 30 岁的 Facebook 创始人扎克伯格（Mark Zuckerberg）和妻子普莉希拉·陈（Priscilla Chan）2013 年向硅谷社区基金会（Silicon Valley Community Foundation）捐赠了 1 800 万股 Facebook 股票，其总价值约 10 亿美元，他也成为 2013 年美国慈善捐款最多的个人。耐克董事长菲尔·奈特（Phil Knight）及其妻子的捐款额在美国慈善家中排名第二，他们向俄勒冈卫生科技大学基金会（Oregon Health & Science University Foundation）捐赠了 5 亿美元，用于癌症研究。纽约市长彭博（Michael Bloomberg）排名第三，他向约翰霍普金斯大学捐款 3.5 亿美元，以促进跨学科工作和用于发放助学金。

大学和学院是 2013 年美国大笔慈善捐款的主要受益者，15 笔规模最大的捐款中有 12 笔都流入了高校。2014 年 5 月底，扎克伯格和妻子宣布为旧金山湾区公立学校捐 1.2 亿美元，这笔钱"计划专注于湾区的贫穷社区，目标是创办新的区域特许学校，并通过专注教师培训、学生发展和创新支持现有学校"。某种程度上，大部分富人更愿意捐钱给学校和教育，主要是因为教育依然是改变一个国家贫富分化，给各阶层人们更多机会，创造未来更高收入的基础。

所以中国富豪张欣、潘石屹最近捐给哈佛的 1 500 万美元"SOHO 助学金"符合美国富豪选择高校为捐款对象的思维和习惯，很高大上。但他们的捐款在我看存在两个问题，第一就是这笔"帮助中国贫困家庭学生"到哈佛读书的助学金是否能够实际执行下去。因为捐钱不仅仅是一个善举而已，还要把这笔钱用到需要帮助的人们的身上，改变他们的现状进而对这个社会产生良性的影响。还是以扎克伯格为例子，他在 2010 年为新泽西州的纽瓦克市捐了一亿美元，这笔钱用于一个教育基金会，希望改变教育系统的结果并把纽瓦克变成"优秀教育的全国典型"。因为纽瓦克是一个易滋生犯罪的城市，学校的毕业率只有大约 67%。但这笔捐款目前备受媒体质疑，被认为花了几千万美金出去，但几乎没有一笔钱用到需要的孩子们身上。《纽约客》就此事件做了一个长篇报道，并引用一个权威人士的话说，"这里的人依然目不识丁"。这个例子说明，即使有做慈善的钱和慈善之心，不一定就可以做成好事。做慈善是一项复杂、专业的事业，而且需要科学地调查人们所需，审慎地计划、管理和执行。

另一问题其实是最浅显，也最具有平常心的问题。慈善捐款是不是捐给了最需要帮助的人。陈光标和张欣、潘石屹都被问到了类似的问题，为什么中国有那么多穷人，那么多失学儿童，你们却到美国去捐钱呢？这是一种民族主义情绪，但是同时也是对这笔钱可以起到作用的一种横向比较。这种比较衡量的是一种胸怀，这就是当你在做善事的时候是否想得最多的是自己能从这笔捐款中得到什么；或者是你和你所归属的人群是否能够从这笔捐款中受益。

承诺"当自己走完人生，将把 95% 的财富都捐给基金会"的比尔·盖茨和妻子梅琳达·盖茨 2014 年接受 TED 讲演的采访，他们夫妇俩成立的世界上最大的基金会一直关注两个事业，一个是美国的教育，另一个则是在全球范围帮助那些即将死去的孩子，那些生下来却没有足够营养生长的孩子们。 他们关注孩子的死亡率，用巨资研究新的疫苗以抵抗导致非洲孩子们死亡的疾病。 梅琳达说，她在旅行中装作普通的西方妇女和很多落后国家的女性聊天，她因此发现很多地方的妇女根本无法找到避孕药物，无法保护自己，控制生育的节奏，保证生下的孩子们得到照顾。 她说，仅仅就妇女的避孕这个项目，基金会就募捐到 26 亿美元。

比尔·盖茨夫妇是 1993 年到非洲旅行的时候才萌生了建立基金会并把微软所得收入回馈给社会的想法。 并不是只有到非洲看到那些生病的孩子，或者在美国中央公园看到流浪汉才会想起做善事。 事实上，如果我们留心就会发现需要帮助的穷人是如此之多。 加拿大食物银行（Food Bank Canada）的 2013 年度报告《饥饿报告》（Hunger Report）说，食物银行 2013 年 3 月份一共服务了 833 098 人，其中有 1/3 是孩子。 不仅如此，《饥饿报告》有不少数据令人吃惊，在食物银行被帮助的人中，12% 是目前有工作的人，而 5% 是刚失业不久的人。 这也是它在年报的开头说的：即使金融危机已经过去，依然有些人没有食物摆上餐桌。

在一个社会福利结构相对健全的加拿大尚如此，那么依然为发展中国家，社会贫富差距日益明显的中国会有多少吃不上饭的人呢？

金融会计的职业习惯让我在整个年度报告和官网上寻找一份

食物银行的午餐要花多少钱，最后加拿大食物银行的媒体通讯总监 Marzena Gersho 回答了这个问题，她说："我们没有计算过一份午餐或者一份晚餐的食物的支出，但根据数据调查机构 Nilson Report 的数字，加拿大食物银行每磅食物大约花费 2.50 加元（约 5.5 加元/公斤）。"这个价格是因为食物银行的购买力和商品市场的不同，他们用 1 加元可以购买到个人用 1 加元购买的几倍的食物。

她的回答让我兴奋不已，因为假如食物银行的每个受帮助的人平均每次吃一磅食物的话（因为 1/3 是孩子，还有不少老人）那么号称在纽约"免费午餐"中花费了百万美金的陈光标，其实一顿午饭就可以帮助加拿大食物银行所帮助的一半人，也是就是 40 多万人吃顿午餐。 如果换算成加拿大针对贫困小学生的"免费早餐"项目——它的食物成本是一个孩子的早餐为一加元，那么就可以帮助超过百万的加拿大小学生吃一顿早餐。

这样的计算只是假设把善款换算成最大影响范围的一种使用方式，因此我确实觉得到中央公园的高档餐厅大张旗鼓地请流浪汉吃顿大餐，或者给哈佛大学的中国贫困学生一笔奖学金，都并没有把钱用到更能改善这个社会的种种弊病上，或者最需要的人们身上。

毕竟，我们中国人的传统的慈善不过是在家门口摆个粥锅，在灾年施些米汤而已，多少都有些"嗟来之食"的味道。 所以个人做慈善还是应该向西方，或者说有慈善传统的国家学习，绝不能像标哥那样把粥锅摆到美国去。

不过，在乐观的慈善家比尔·盖茨的眼里，"因为慈善家们，这个世界已经比过去好了很多"。

我不能肯定这个世界是不是比过去好了很多，但标哥的出现也是一种进步。

开出租在哪儿都是辛苦活儿

中国的哥

回国一共坐了两次出租车，每次都很戏剧。

第一次是在国贸三期，和好友喝过下午茶。因为不是酒店住店客人，酒店接送宾客的门童拒绝帮我调度出租车，即使在酒店喷泉附近有三四辆出租车在排队等他招手。我还是被指到了路边去打车。

当出租车司机发现他们等了两个小时，酒店还不给派活儿，我这样的客人也被赶到路边去打随机的出租的时候，他们开始了小型的罢工，把出租车停在了酒店必经路口占住了路，并到酒店大堂经理那里投诉。

在这里打车前前后后用了我半个小时。最后，一位师傅接上了我，他一脑门子油亮的汗，穿着汗湿透的发黄的跨栏背心，在他驾驶座侧面挂着一个很大装满了茶叶水的玻璃瓶子。他一路给我讲述酒店里"二狗子"的德性，就像一个最正宗的北京的哥。

第二次是在上海浦东机场，我们从北京飞上海。因为飞机晚点，到达已近午夜，我们问机场出租车调度能不能给我们找一个箱式出租车，因为我们有两个宝宝，一辆双人婴儿车，还有行李，指挥说："没有大车，就大众。"然后向一辆枣红色大众一指。 我们好歹把婴儿车行李装好了，四个人挤在后座上，车里有一股强烈的烟味，座位不但下陷而且肮脏，车的后窗下塞满了各种杂物像个储藏室……实在是太累了，我想就将就一下吧。

突然，后门拉开了，刚才的调度递过来一张小卡片，看起来是要我填写的，正要对我说话，又被司机拉扯走了。 我满腹狐疑，司机又回到后门，我问他什么事儿，他说："你能帮我说个谎吗？ 说去近的地方？"因为如果跑短活儿，他回机场就不用排队，而长活就要重新排队。 我们要去的证大丽笙无疑是长活儿。 我说："我不可能帮你说谎，我们可以下车。"他一听，马上把我手上的卡片抢走了，并重重关上了门。

然后这位上海司机就在高速上狂奔，车速至少在80、90公里，我不知道浦东机场高速的限速，但是他像开着一辆充满烟味破旧不堪但充满激情的F1方程赛车，一辆一辆地超车。 后座上，我的两个宝宝一个七个月、一个两岁。 我们惊恐不安。

温哥华的哥

回到温哥华机场。

同样是在出租车点等车，负责调度的人看到我们的阵容，马上招来一辆7人座的箱式车。 开车的司机穿着浅蓝色衬衫烫着笔直的袖线，车里一尘不染。 我问他这是不是一辆新车，他回答："两年新。"问他这辆车是不是自己的，才如此整洁。 他回答，不是，这辆车是他从公司租赁的，租赁有两种方式，一种是只租出租车运营牌照，一种是租牌照并租车。前一种方式，出租司机可以有自己的车。但是租赁的费用大头其实在租车的运营牌照。

这位穿着像会计师一般，头发一丝不乱的出租车司机说，他是连车带牌照租的。他开出租开了10年。问他生活怎么样，他想了一下，说，还不错。

他叫Sandeep B，从名字来看是一位印度裔司机。

和北京的的哥不同，他不喜欢说话。每次，都是我问他问题，他简单回答。之前坐过的几次加拿大出租也一样，司机基本上都一路无语，车里要么很安静，要么放那种所谓"轻音乐"。

Sandeep说自己属于Coquitlam（高贵林，温哥华旁边的一个卫星城）出租车公司，按照规定，他们一般只能在Coquitlam附近开出租，然后还有其他几个地点，比如温哥华机场。这意味着，他把我们在温哥华市中心放下之后只能空车返回机场或者回到高贵林市。即使，这是下午下班时间，路边打车的人的几率比较高。

送我们到达之后，他下车帮我们搬下行李，我注意到他的后备箱有一种类似于货车后面的小斜坡滚轴。这样在搬运行李箱的时候，可以省不少力气。

然后他递上收据，收据正面是他的个人名片，背面则是消费金额，上面有他和出租车公司的信息，背面是他手写的车程及金额。乘客一般会付给车资的15%做小费。

听他的口音，他并不是出生在本地的印裔。我没来得及问他在移民之前的职业,但我曾经碰到过一个巴基斯坦司机,他说自己在移民之前是一个机械工程师,但是到这边来他没有钱进学校,以便通过加拿大本土工程师考试。 还遇到过一个香港来的司机,他对我问他以前做什么职业很不满,后来告诉我是在香港生意失败了。

他们通常出现在乘客给出租公司打电话的 15 分钟之内,静静等在楼下,或者在一个街区的固定地点。 大部分繁华的地段都有一个路标,指示只有出租车可以停车,比如地铁站门口。

在温哥华街头,招手打到一辆出租车的几率并不高。 他们每次出现甚至存在都如此安静,并小心翼翼。

450 加元罚款

BC 省出租车协会(BC Taxi Associasion)主席 Manmohan Kang 表示,他不能统计 BC 省和大温哥华地区的出租车司机的平均收入大约是多少,主要是因为他们有不同的工作时间,兼职和全职,还有不同区域的服务范围。 但是他个人认为:小时收入应该超过 BC 省最低工资。

BC 省最低工资为 10.25 加元,如果按照一周 40 个小时的工作时间计算,那么年收入是 21 230 元,低于温哥华平均人均收入。 我问过一个自称一个星期工作 10 个小时的兼职出租车司机,他说他每个小时能够挣到七八加元,远低于最低工资。

Kang 先生对本地媒体抱怨过,自从温哥华一条叫做"加拿大捷运"(Skyline)轻轨建成以后,抢了当地出租车司机将近 30% 的生意。因为这条轻轨直接从机场大楼通市区中心，并且可以和其他轻轨线路相连接。大温哥华地区（包括本那比、列治文等卫星城）仅有29家出租车公司，1 530~1 540辆出租车，他感叹出租车司机非常不易。

最不易的是，这29家出租车公司都有自己的运营地域，比如前面说到高贵林的出租车只能够在高贵林和机场等几个地点接载客人。据说，这是遵循出租车公司的习惯和历史。Kang说，很可能在GPS导航出现前，出租公司的司机只被准许在他们熟悉的城镇附近开车，这样无疑是为了乘客考虑。

2008年BC省通过了一个《出租车权利法案》，虽然是双向的，同时针对出租车司机和乘客，但是乘客的权利要比司机多得多。乘客权利法中包括，有权搭乘执勤中无乘客的出租车；有权被载至所要求的地点；享受安全、有礼貌的司机的服务；有权乘坐一辆干净、无噪音的、无烟的出租车；有权带一只援助犬；有权要求最直接，或者最经济的路线等。

当然，比起美国纽约的《出租车权利法案》来说，它还是温和一些，因为在纽约的法案中直接写着，如果出租车司机的服务不好，那么可以不付小费。

为了确保权利法案得到实施，省政府的执法人员还假扮成乘客，如果发现违规者将被处罚，最低为288加元。Kang先生说，上个月还有一位司机被假扮乘客的警察罚了450加元，原因是他在非运营地区载客。

一份来自加拿大政府2006年的5万份税务分析报告显示，有

8 000多名具有大学文凭的移民以开出租车谋生，来自印度、巴基斯坦的许多医生、建筑师和土木工程师移民，现在正在加拿大开出租车。

至于那个穿着熨烫出袖线衬衣开出租的 Sandeep，我猜想他在移民加拿大之前应该是一个专业人士，因为他在整个开车的过程中保持着一种中产阶级的尊严。虽然我们知道，他们通常是因为生活所迫才开出租车。

在温哥华，甚至有 20 名博士移民当上了出租车司机。

我不知道这是不是加拿大出租车司机整体服务更好的原因。

世界的悲伤，写在艾兰之后

全世界人们都为这张照片而动容，最难过的应该是像我一样身为父母的人。因为这个三岁男孩艾兰（Aylan）的姿态像极了我们的孩子年幼时睡熟的样子，他们总是喜欢趴在床上，把小脸侧在一旁，脸上还带着浅浅的微笑。然而我们的孩子安然地睡在卧室里，而他，小小的艾兰却睡在冰冷的海滩上，被海浪一遍一遍地拍打，不再醒来。

令人更为悲伤的是，全世界对难民的关注，竟然需要这样一个小男孩的死亡才可以被惊醒。朋友正在塞尔维亚旅行，他目睹一辆又一辆载满难民的卡车经过，但是他们希望到达的西欧的通道匈牙利却在边界建起一道铁丝网，并计划再建一堵高4米的墙，将偷渡难民挡在墙外。另一位在土耳其转机的朋友发现伊斯坦布尔的机场中，席地睡了很多难民，他们通常只用简单的布单掩体，谁也不知道他们在到达伊斯坦布尔的途中经历过什么。还有在德国出差的朋友看到电视新闻转播的，叙利亚难民带着一家人游泳横跨土耳其博德鲁姆（Bodrum）到希腊的科斯岛（Kos）的录像，这片海域有几英里，却充满了危险。这一家人中还包括几个孩子，最小的只有5岁——你知道，这么小的孩子不可能游过那么远的距离。

在艾兰的尸体被发现的前几天，8月27日奥地利警察在东部靠近匈牙利边境的高速公路上发现一辆被遗弃的卡车，里面有71具疑似叙利亚难民的遗体，其中4具是儿童，8具是成年女性。然而即使这样，也没有引起世界对难民足够的重视与同情。8月31日，德国总理默克尔说，欧盟如果不"公平"分配难民，申根区有无存在必要，将势必重回谈判议程。德国不停要求匈牙利继续堵住途经匈牙利的那些偷渡难民。

但是我们不能怪德国见死不救，经预计，至2015年年底，德国将收到约80万份避难申请，达到二战结束以来最高值，远超年初预计的45万份。我们只能说，在今天任何一个国家的危机都不再仅仅是单一国家的危机，而可能是欧洲的危机，整个世界的危机。

这是一个宏大的主题，牵扯太多政治、经济、历史和宗教在其中。所以我只能说这是世界的悲哀，我们早就应该认识到，和平——并不因你、我此刻拥有即存在，当其他一些人流离失所被战乱迫害，我们就同样不可能拥有和平。

甚至，和平这个主题都过于宏大，我们谈的是苦难和悲伤。你千万别说，这件事和你并不相关，因为苦难和战乱离我们并不遥远……我姥爷的兄弟姐妹有7个，但是有两个在战乱中失去联系，他在有生之年都没有再找到过她们。而我奶奶的一个兄弟，也就是我的舅公也同样失联，到40年后，才知道他身在台湾。

艾兰仅仅是成千上万难民中的一个，成千上万个孩子中的一个，他没有渡过的那片地中海是我们人类的苦难，曾经的，现在的，甚至是将来的。

在加拿大的新闻发布会

加拿大时间 9 月 3 日，艾兰在加拿大 BC 省的姑姑开了一个新闻发布会。

在此之前，加拿大媒体曾报道过，加拿大政府在今年 6 月拒绝了艾兰父亲阿卜杜拉（Abdullah Kurdi）递交的全家申请加拿大难民身份的申请，所以阿卜杜拉才决定带自己的一家人铤而走险。

艾兰的姑姑蒂玛·库尔迪（TimaKundi）澄清，被加拿大政府拒绝的是她另外一个弟弟穆哈默德和他四个孩子的家庭，她曾经给移民部长亚历山大写信，请求帮助她的家庭，但没有回音。穆哈默德早些时候已经只身偷渡到德国，这当然也让蒂玛帮助小艾兰一家申请加拿大难民的可能性落空。

阿卜杜拉——也就是小艾兰的父亲，曾想像自己的兄弟一样，先自己偷渡到德国，再帮助妻子和孩子偷渡出来。但是，他告诉自己的姐姐，妻子没有工作，无法养活两个孩子，所以他最后决定全家四口人一起偷渡。

我想在那个时候，他不是没有做过最坏的打算，就是全家要死也死在一起。与其在叙利亚绵延的战火和流离失所中死去，不如尝试一种生的可能性，就是到达欧洲给孩子们更好的生活。

当时他们与其他难民一起,试图乘船从土耳其前往希腊,翻船后阿卜杜拉的妻子瑞哈姆(Reham)、两个儿子——3 岁的艾兰(Aylan)和 5 岁的古力普(Gulip)全部丧生。

艾兰的姑姑说,两个孩子从未有过好的生活,两周前,小外甥古力普还来电话,说:"姑姑,你能给我买辆自行车吗?"我告诉阿卜杜拉,总有一天我会给你多寄点钱,给古力普买辆自行车。

在小艾兰和古力普短短的生命中,他们除了战乱和迁徙并没有看到更有希望的生活。 2011 年叙利亚内战爆发前,他们生活在大马士革,在那里阿卜杜拉是一名理发师。 当战事接近,他们迁移到阿勒颇(Aleppo),很快阿勒颇成为争斗最激烈的战场之一,他们只好搬到科巴尼(Kobani)。 当科巴尼镇去年底被 IS 占领,他们才越境到了土耳其。

从土耳其偷渡到希腊要很多钱,据《加拿大环球邮报》的报告说阿卜杜拉花了 4 千欧元在那个小小的橡皮艇中买了四个位置,这艘小船不但严重超载,它提供的"救生衣也全部是假的"。从其他报道中我知道,其实偷渡有海陆空不同种方式,危险系数越高的价格也就越便宜,也就是说,坐小船出逃的其实是最便宜也最危险的一种。 即使这样,每一种偷渡方式,蛇头也都不保证偷渡者的生命。

艾兰的妈妈瑞哈姆在准备行程的时候对蒂玛提到过自己的害怕,她说她怕水,在海上是多么令人恐慌啊。

加拿大国际广播电台(Radio Canada International)报道中

引用蒂玛的话说，船翻了以后，海浪不停打来，阿卜杜拉紧紧挽住两个男孩，尽力把孩子举出水面，大约一个小时之后，他发现大男孩古力普已经死了，只能放开他，想救小的，但看到艾兰也已死去，双眼出血，他合上艾兰的眼睛，再寻找妻子，看到妻子的尸体漂浮在附近。

加拿大官员试图在事情发生后向阿卜杜拉提供加拿大公民身份，但被他拒绝。

他说，妻子和儿子的尸体在土耳其的太平间里，他要把他们带回家，在叙利亚安葬，陪伴他们，和他们在一起。

他说，他只是想给孩子们更好的生活，现在这一切都没有了意义。

那些难民

加拿大一直有接收难民的传统，加拿大政府的官方网站（Government of Canada）表明，每年全世界大约有 100 000 名难民，而加拿大通常接收 1/10 的比例。举例说明，加拿大在 2009 年～2011 年间接收了两万一千名伊拉克难民。这份难民系统的公告也承诺到 2017 年，加拿大将会接收一万三千名叙利亚难民。

然而这一万三千民难民中，没能包括已经死去的小艾兰和他的兄弟。

加拿大历史最大规模接收的难民可能就是上个世纪的越南难民了，据非官方统计，加拿大大约接收了十二万六千名越南内战期间的难民。

我在大学时有一个好朋友就是越南难民，她叫"Chi"，是越南华裔。她偶尔一次提到自己离开越南的经历，说那个时候自己才六七岁，父母把三个孩子，她和一个哥哥、一个弟弟都送上了红十字会的救援船，自己却留在了越南。这样眼睁睁和孩子生离死别的原因是，偷渡的价格非常高，以每个人一条金条的价格才把她们送上船，倾家荡产，就是为了给孩子们一条活路。

而她们先到达香港呆了一段时间，又途经美国到达了加拿大。然而，因为战争和经济等原因，她们长久地和家庭分离，不知道父母的生死。直到10多年之后，才和父母重逢。但是她们依然是难民中最幸运的。据说，约有3百万的难民试图通过海路逃离越南，而最终活下来的只有一半，这还不算在战争中失去生命的那些越南人。

世界上的难民之路可能从来没有像今天这样严峻过，今天在欧洲大陆流离失所的难民中，除了叙利亚人，还有伊拉克人、利比亚人、巴基斯坦人、阿富汗人……仅是叙利亚难民就有450万人！这些人中大部分也曾是生活富足的中产阶级，今天时刻面临着各种危险，风餐露宿，战火已摧毁了他们的家园，他们仅有的是在新的国度生存的那一线希望。

小艾兰的姑姑蒂玛说，老实讲，我不只责备加拿大政府，我责备整个世界，没有对难民提供足够的帮助，没有人出来止住战争。停止这一切悲剧的根本，就是制止战争。

她还说，弟弟阿卜杜拉说，我的孩子的死亡，是对全世界的一个警钟，我要对全世界说，请帮助那些难民！

今天小艾兰和他的哥哥妈妈一起被运回了科巴尼,落土为安。他们是世界的悲伤,世界的最小也最晶莹的泪滴。

面对战争,面对战争带来的仓皇和更加糟糕的世界,我们还能做些什么?

道听途说和宫保鸡丁

北京这样的城市,虽然《福布斯》说它大到可以发挥地球的首都的作用,但是每个人的公共空间却总是很小。 人群和车流总是拥挤,但是拥挤偶尔会带给你拥挤的惊喜。

比如听别人的闲聊,在地铁里、公共汽车里、咖啡馆甚至在美甲的地方。

同胞们在公共场所大声说话的习惯由来已久,这和改革开放、GDP 的腾飞有没有什么关系,我并不清楚,但手机的普及让这个习惯几乎成为灾难。 除了分贝大之外,话题实在是乏善可陈,没有什么可"偷听"价值。 在地铁里听了 3 个月也只听到了晚上去哪里吃饭、变态的老板、可恶的男朋友、我很忙(但是花了十多分钟讲自己一会儿才能到办公室)还有——我有一个项目,我们一起挣钱吧!

和朋友在外面吃饭,隔壁大概是一个在等人的女人。 近 30 分钟,她一直在电话里和别人谈一个"项目"。 因为分贝的优势,很多关键词就一直往我的耳朵里灌,比如:在美国打工有什么好啊,回来帮我们做个项目不就好几百万? 我们都是靠生物高科技……比如说 GAN,你知道吧,遗传学。 对对,还有转细胞工程。 虽然听到了几个不存在的生物相关词，我还是很欣喜，因为在这个北京最早出现"万元户"的个人贸易区，前几年我曾经侧耳听到的电话往往是关于：皮夹克、鞋子、给大牌做单、俄罗斯。

周末的咖啡馆，更是戏剧化的地方。 一次在五道口的"雕刻时光"，邻座是三个年轻美貌的外国男女。 两个女孩操着浓重意大利口音的英语和中文，那个男孩看起来是英国或爱尔兰人。 在一顿早午餐的时间里，两个女孩都在试图给那个男孩推销一份基金。 两个女孩的英文和中文似乎都不完全灵光，但是对能够同时运用这两种语言却有强烈的自豪感。 因此，常常是整段英文中夹上一两句中文，或整段中文中加上一两句英文，之间两个女孩又用意大利语快速地交流。 坐在他们身边，你会有一种坐外航飞机般的困惑，三种语言滚动着在你耳边飘过，空气中好像传播着一种叫"漂泊感"的病毒——让你眼前空洞，喉咙哽咽，并短暂失忆——忘记自己身在何方。

没错，在这群人的周围，北京越来越成为让你不知道身在何方的城市——越来越国际化，也成为越来越多人的他乡、异国。

上个周末，我坐地铁 10 号线的时候，完成了一次最隆重的"偷听"。 我刚走进地铁时，看到一个穿白色上衣的人在啃一支老玉米，以为是一个外地来的"民工"。 在他身边坐下来以后，才发现，那白色上衣是一件玉白色吉祥如意圆字暗花的中式丝绸大褂。 而那正啃着一支地铁站口买来的、热气腾腾的煮玉米的兄弟，却是高鼻深眼的异族。 他对面，也是我的侧对面，是一个穿胸口有五星红旗的国家队运动 T-Shirt 的洋兄弟，他大口吃着显然是地铁站口买来的天津煎饼果子。

　　我并不记得外国人有在公众场合吃早餐的习惯，最多在地铁里拿一杯咖啡。可这两个兄弟，如此本土化地吃完早饭以后又开始用英文聊天。隔着地铁的走廊，他们的声音也有点中国式放大。大概没有预期有人在旁边偷听，所以说的大都是个人信息和感受，包括他们什么地方大学毕业，家在哪里，在中国做什么，对中国的看法。他们一个来自美国一个来自英国，现在一个住在上海一个住在北京，都在大学里教英文。在北京的兄弟说，他原来在美国就是教书，让他来中国，好几次他都不愿意。但是，来了以后，才发现中国如此出人意料，中国的教育方式是 Cutting-Edge（跨时代）的。假如他现在的合同结束，他也不准备回美国，而是在中国多待几年。大概我偷听的面部表情泄漏了秘密，坐对面的那个兄弟就在准备下车的时候站起来冲我打了招呼，并且递给我了张名片。临下车还回身和我握了一下手，说："I love China."

　　当然，光听地铁里的洋兄弟闲话北京，说"我爱你中国"这样的好话还不够，我们应该听听那些比较歹毒的专栏作家怎么背后说咱们闲话的。著名旅游指南丛书 Eyewitness Travel 出版的 *Top 10 Beijing* 中列举了很多北京的饭店、咖啡馆和好玩的地方。作者 Andrew Humphreys 是一个在世界各地写游记的专栏作家，为了写这本旅游指南他在北京生活了 6 个月。

　　Andrew Humphreys 在书里指出的在北京要避免的十件事：

　　1）学英文的学生。这些学生会打着和你学英文的幌子，带你到一些茶庄。然后你会很自然地请他们喝茶。当然账单出奇昂贵。

2）排队。虽然奥运会让北京人接受了更多的礼仪，但是他们依然不喜欢按顺序排队，喜欢争先恐后地推挤。如果你很礼貌排队的话，那么你可能要站在那里一整天。

3）对随地吐痰表示反感。如果你看到一个很漂亮的中国年轻女子，在谈话中间，突然停下来，吐了口痰，那不是什么稀奇的事。

4）高峰时间。北京的堵车非常恐怖。北京的高峰时间是早上10点前，晚上5～8点。

5）艺术学生。观光点碰见和你打招呼的艺术学生，他们多半是让你买他们的"作品"。

6）导游。那些在游览点售票处自称可以提供导游服务的人，他们对这个地方其实知之甚少。

7）在节假日参观风景名胜。中国最大的观光团体是中国人自己，所以在节假日参观紫禁城，会让你夹在人群里无法移动。

8）甜酸鸡肉。如果你在世界其他地方的中国餐馆吃过甜酸鸡肉，那么到北京就不要再点了，这对品尝其他中国美味的机会来说，就是一种浪费。

9）公厕。很多公厕还只是在地上的蹲坑。记得带手纸。

10）不带零钱坐出租车。北京出租车司机似乎很少记得带够找给顾客的零钱。所以要记得带5块、10块、20块的零钱坐出租。

这样一份旅游指南其实很有用，它不但正确地标出了地铁4号线，三里屯酒吧街到底是在路南还是路北，它甚至列出了一些我从来没有去过的美丽景点。更重要是，它具有参考价值。我的一个朋友在奥运期间来过北京，他自誉为能够用拼音发短信的"中国通"而不轻信英文作者写的指南。

据说他在北京14天，吃了12道"KONG BAO JI DING"。

80万人民币与8万美金的故事

李娜获得法国网球公开赛女子单打冠军，没有感谢国家已经成为过去式。这次她获得澳洲网球公开赛，不但没有感谢国家，就连见到地方官员都不会笑了——哪怕这官员是为了给她送去80万人民币的奖金。

与此几乎同时的体育新闻是，牙买加双人雪橇队——这支曾经征战过1988年卡尔加里冬季奥运会，且得到过2000年世锦赛金牌的、来自热带国度的雪橇队，今年也获得了冬奥资格。但是他们前往索契参加比赛的资金严重不足，连机票费用都没有，牙买加奥委会却拒绝向他们提供任何资金帮助。他们只好在网上寻求帮助，并于短短的时间就募捐到8万美金。这其中部分原因是他们作为"牙买加雪橇队"的存在，已经代表了一种梦想的传奇，迪士尼以他们的故事为原型拍过一部电影。

但大部分试图在网上筹款的运动员，都没有他们这样幸运。

几乎每届奥运会，都会一些运动员筹款的新闻。上一届冬奥，欧洲女子冰壶联盟为了筹集资金，把女冰壶运动员的裸体月历带到温哥华比赛场地周边贩卖，月历里有7位现役征战2010年冬奥会的国家级选手。媒体把这个月历列为冬奥会的丑闻之一，殊不知，在欧洲，像冰壶这样的冷门项目，运动员得到的津贴十分少，她们要边训练边做一些兼职。因此，每次出征重大比赛，都需要自谋部分资金，裸体月历已经成为欧洲女子冰壶联盟的一个固定的筹款项目。

在非"举国体制"的国家，作为职业运动员的生涯是一条基本只能靠自己的漫漫长路。在需要从小培养训练的运动项目中，运动员绝大多数都是出身于中产阶级家庭，只有这样的家庭才能支付培养孩子的费用。少年运动员在国家级比赛中获得有分量的成绩之前，包括训练场地、教练、训练设备和参加比赛的报名费、路费等都要靠家庭支持。

以加拿大运动员为例，在雅典奥运会上取得第一块体操金牌的加拿大运动员 Kyle Shewfelt，他的父亲是 CIBC 银行（加拿大帝国商业银行）的一个中层经理，并和我的好朋友在卡尔加里同一办公室里工作。Kyle 从少年时开始的体操训练中，所有费用都是父母支持，各种训练也都是父母接送，比赛也是由父母陪伴。没有父母在经济上和精力上的倾力支持，就不会有他的这块奥运金牌。

还有，曾得到世界青少年组冰壶冠军队的 Bob Ursel 和他的弟弟 Michael Ursel，都是由他们的父亲老 Ursel（曾经也是一个冰壶运动员）亲自作为教练培养，并陪他们参加各种比赛。直到他们开始参加世界级比赛，才拿到政府的一些补助，而这些补助也绝不够他们的各种训练和比赛费用。不要忘了，冰壶是加拿大比较受欢迎的体育运动，在申请各种资金上比其他体育项目还容易一些。

　　在加拿大，那些决心让孩子追逐体育梦的父母，往往会选择些小城镇居住，因为这些地方的初级训练开销相对低一些，和教练也更容易沟通，甚至接送孩子训练的交通也方便些。一旦孩子进入参加比赛的阶段，他们又会搬到大城市，并给孩子请一个更有经验的教练。比如我先生少年游泳队的队友 Margaret，她最好成绩是参加了加拿大少年组比赛，并取得世界级比赛的资格。她少年时在只有 5 万人口的 BC 小镇 Princeton 开始训练，参加了国家级别的比赛后，为了她更好地训练，父母又陪她搬到温哥华。这种决心可以和我们中国的"孟母三迁"相比了。

　　当青少年运动员具有了参加比赛的实力，并开始参加各种比赛，这个时候只有父母的资金支持恐怕就不够了，同时，一部分长大成人的运动员，不愿意再依靠父母，就开始寻求政府的补助，并开始边工作边训练。

　　比如冬奥会俯式雪橇金牌得主 Jon Montgomery，在取得金牌之前，他一边训练一边在汽车拍卖行做销售员。国家女子冰壶队的 Jacquie Armstrong，至今还是一名全职软件工程师，她工作之外的训练时间是按每天零散的小时来计算，同时她还是两个孩子的母亲。加拿大自由式摔跤冠军，曾在国际上取得第 8 名成绩的 Travis Cross 是一名全职消防员……

　　加拿大虽然有 Sport Canada（联邦政府的一个机构）给予运动员一定的资金，但是这些资金并无法支撑运动员们在国际上出成绩的梦想。比如 canadianathletesnow.ca 这样的政府机构，通过申请和审批过程，一般能够得到资助的运动员（还有很多得不到资助）一年的资金为 12 000 加元（约合 72 000 元人民币）。平均到一个月 1 000 加元的费用，连运动员的生活费都不够。所以，不少运动员会有兼职工作。

也有一些商业机构和个人为加拿大运动员提供赞助，比如前面提到的 Kyle Shewfelt 父亲任职的银行，就一直为青少年运动员提供赞助（他们当年也赞助过 Kyle）。2013 年，CIBC 请 Kyle Shewfelt 作为运动赞助项目的指导老师，并投资 200 万加元资助 67 名运动员，平均下来也就是每人一年 3 万加元的赞助。但这些赞助可能都集中在了那些能够在热门项目中拿到第一名和第二名的运动员身上，因为这些运动员能够为商业机构带来宣传效应和连锁的商业回报。2013 年在广州举办的世界羽毛球锦标赛上，代表加拿大的队伍有三名选手——米歇尔·李、艾德里安·刘、德里克·吴，他们除了都是移民的第二代华裔青年之外，还全部自费参加比赛。没有领队，也没有教练，更没有加拿大羽毛球协会的资助。世锦赛可是世界级的比赛，但这时候连商业赞助也都缺席了，因为羽毛球在加拿大并不是一个热门的运动。

这三个年轻人除了热爱羽毛球外，各自的身份分别是学生、电工和经营运动绷带的商人。

一些地方也会为本地运动员自发筹备资金。上次我旅行经过一个 BC 省的小镇，一家餐馆正在为自己镇上的少年冰球运动员进行募捐。餐馆的黑板上贴着孩子们的照片，用餐的纸质桌垫上印着几个小队员的照片和简单介绍。在这种父老乡亲的支持下，不管资金是否能满足孩子们训练的费用，对追求梦想的孩子们绝对有精神上的鼓励。

　　从年少时就进行体育训练，甚至是半工半训练的艰辛历程，让这些加拿大运动员们也早就为追寻梦想之后的生活做好了现实的打算。 Kyle Shewfelt 在他拿到雅典奥运会体操金牌之前，准备退役后到加拿大最有名的太阳马戏团去表演杂技。 而青少年组冰壶世界冠军 Ursel 兄弟，哥哥 Bob 成立了一个冰壶俱乐部，在一个小城市里为孩子们做冰壶教练；弟弟 Michael 则拿到了特许会计师和专业工程师证书。 他们中没有拿到国际级奖牌的 Margaret 离开泳池之后一直在一家超级市场做收银员，这并没有妨碍她继续培养儿子成为运动员。

　　让我们看一下"举国体制"在互动百科上的定义："举国体制"是指以国家利益为最高目标，动员和调配全国有关的力量，包括精神意志和物质资源，攻克某一项世界尖端领域或国家级特别重大项目的工作体系和运行机制。 在体育上，就是以世界大赛的冠军（特别是奥运会）为最高目标，统一动员和调配全国有关的力量，包括精神意志和物质资源，来夺取运动比赛的好成绩的工作体系和运行机制。

　　与那些我所看到的加拿大运动员经历作比较，我不得不说，举国体制能给一些家庭条件不够好但是有潜力的孩子在加拿大和其他非"举国体制"国家得不到的机会。 这些机会带来的巨大成功，可能会让那些得到培养的孩子们忘记了——这条体育道路是如何开始，谁又是扶她"上战马"的那个人。 这样的体制有各种弊病，但在某种程度上，确实可以支持一些孩子的体育梦想。

不过，"体育梦想"这个词用得不准确。因为，假如是一个梦想，那么经过努力梦想成真的人，通常会对这条道路上帮助过她的每个人充满感激。但仅仅为一个最高目标而努力的人，是不会具有感激之情的，他们情愿感激那个使这个目标实现利益最大化的人。

在这点上我理解为什么娜姐拿到送来的 80 万人民币面无微笑，而为什么牙买加雪橇队得到募捐的 8 万美金激动地感谢所有人。但是，我还是希望她可以微笑一下，哪怕是感谢命运之神——命运给她多少眷顾，让她在举国体制中受到很多人可望不可即的训练，并板着脸成为反体制的人民英雄。

退美国籍，做百分百中国人

甄子丹在杨澜节目中说："4年前，我已经把美国籍退回去了，我现在是百分之百的中国人。"

美国国籍可以退回去吗？ 查了一下美国政府网站，决定退美国国籍（Renunciation of U.S. Citizenship）本人需要亲自到场，并且签署一份宣言就可以了。

如果我没有记错，成龙的儿子房祖名2009年也"悄悄退了美国籍，将户籍正式迁入中华人民共和国"。 他爹成龙为这件事还演唱建国献礼歌曲《国家》。 不过，房祖名在美国出生，有一张美国出生纸，他可以把美国籍退货，但是那张出生纸却改变不了。 有一天，是不是凭这张出生纸再申请国籍也不可知。

大把中国人像电影《北京遇见西雅图》中的文佳佳那样跑到美国的月子中心去生孩子。 据《南都》报道，在美国大大小小的月子中心有500多家。 一些没有办法到美国生孩子，直接拿一张美国出生纸，间接拿一张美国国籍的中国中产阶级，就把孩子生在香港，让孩子有一张香港特区的身份证。 因为有了香港特区身份证就可以在香港入学，弄得香港都开始闹幼稚园学位荒，等等，香港不也是中国的吗？ 不过在大部分中国人心中，只要不是中国大陆的，或者，中国成分越少的，就越好。

因此，我心存困惑，那么这两位明星为什么反绝大多数中国人的行为而为之？我说得绝大多数，应该是代表了数万，数十万，百万的中国人吧。

我知道两个关于加拿大和美国退国籍的著名新闻。

出生于海地的米歇尔·让（Michaëlle Jean），2005年被指定为加拿大第27任总督，但是马上有人质疑她的国籍问题，因为她拥有法国和加拿大双重国籍。加拿大是承认双重国籍的国家，如果你愿意，拿三本护照也没有人关心，除非是……你成为总督。因为在加拿大，加拿大总督是英国女王在加的常驻代表，也就是说，总督是英国女王的象征。其实大多数人都不太记得，加拿大隶属英联邦，是一个君主立宪制国家，加拿大的最高领导人其实是英国女王。但无论是英国女王还是总督，都只是一个象征，没有实权。

当年加拿大《环球邮报》和其他各大媒体上总结的人们的质疑是，如果我们的最高领导人有加拿大和法国两个国籍，那么假如有一天加拿大和法国打起仗来，我们能相信她维护加拿大的利益吗？这里，大家用的是假定语句，因为加拿大和别人打起仗来的几率并不高。不过，很快，米歇尔·让女士就宣布："我放弃法国国籍。"

另外一条新闻是Facebook的联合创始人埃杜阿多·萨维林（Eduardo Saverin），他的财富总额估计达到27亿美元。在Facebook上市之前，他持有约5%的Facebook流通股。萨维林去年放弃了美国国籍，成为新加坡的永久居民。因为，这将帮助他少缴 6 700 万美元税款。

我还认识一对退美国籍的夫妇。他们的父辈都是在二战时逃到美国的犹太人，其中一位是犹太著名科学家。他们在美国接受了教育之后，选择到加拿大工作，他们在加拿大生活了 10 年之后，决定加入加拿大籍。原因是他们不满美国对伊拉克出兵和美国政府的对外政策。作为一对左派知识分子，他们认为加拿大政府的政治态度更符合他们的政治理念，所以他们宁愿到美国驻加拿大大使馆宣布退国籍，然后再通过加拿大入籍的一系列手续，宣布入籍。

让我们再回头看看甄子丹为什么退美国籍，他说"因为我流着中国人的血，所以，我退了美国籍"。

不过，中国人的血和中国籍不是一个概念。你加入美国籍，也不等于你流的就不是中国人的血了。维基百科说："'中国人'具有多个涵义，具有狭义的国籍属性称呼，也有广泛概念上的族群称呼，甚至在各种场合和立场上也都有不同的认定。除了客观的界定外，通常其本人与周遭社会的认定（价值观因素）也占据相当重要的一环。"如果按照宗族来定义，等于你的人种，你的祖先是汉人，或者不管你多少代前是汉人，你长得像中国人，都有可能被人认为是中国人。在美国，人家也没有忽视你流的不是白人血统的血液，一般的时候，他们统称"Visible Minority"，或者亚裔美国人（Asian American）。美国国籍是指一个身份证，拿着美国的护照，拥有美国的选举权，享受美国的医疗等社会保险，并且每年要按美国税法交税。

美国也承认双重国籍，它并不干涉你拿什么国籍。某种意义上说，除非你成为政客，或者为美国军队和重要国防机关工作，他们也不太在乎你还有什么其他国籍。

相反，中国不承认双重国籍。曾经和加拿大中国领事馆咨询过，得到的答复是"你一但入了别的国家的国籍就等于'自动放弃了中国国籍'"。和美国、加拿大也不同，在美国和加拿大，你要申请，并且宣誓你自愿放弃这个国家的国籍。而在中国，你是"自动"放弃，也就是被放弃中国国籍。

我们家那片的派出所也说，如果你申请了一本中国护照并准备出国长居，那么你的户籍就等于被吊销了。不过，这只是据说。

因为我们知道，著名的微博大 V 薛蛮子，他即使是拿了美国护照的美国籍人士，被中国警察抓了也没有受到国际待遇。还有一位为加拿大公司工作，入了加拿大籍的黄昆也同样被关在中国监狱，并且就要接受中国的司法审批，因为他披露银矿希尔威（Silvercorp）在中国开采的银含量不如它所宣称的那么高而被捕。《华尔街日报》报道说，中国警察没收了黄昆的加拿大护照。

这个时候，好像没有人说，因为他们是加拿大籍人士，已经没有中国护照，就"自动放弃"中国国籍之说。他们好像成为在中国具有双重国籍的特殊身份的人。也就是说，在中国，你放弃中国国籍或者不放弃，都没有太大关系。

大部分把孩子生在美国的人，不是为了自己有一张美国护照，而是为了孩子受到美国的教育和社会福利，就是说"历经艰辛，不是为我，是为你才这么做"。那么，他们自己拿一张美国护照或者不拿都不太重要。尤其那些贪官，一定是死活都不愿意自己的灰色收入交美国税的。所以，中国籍才是他们最好的选择。

像甄子丹这样的明星，因为演了两部《叶问》，代表中国人，打击了日本人，成为了爱国青年，或者民族的英雄。我们单纯地相信，不像前加拿大总督和 Facebook 联合创始人，因为政治和经济利益退了美国籍。他是认为只有中国籍才可以代表他流的中国血，一颗爱国心。只是希望，他爱国的时候不要像在电影里打日本鬼子那么高调就好。

回到房祖名那儿，他爹成龙 2012 年曾说，他想尽办法，到今天都没有办法（让房祖名）加入中国籍，"原来中国籍是世界上最难入的"。他还说，不像美国国籍拿钱就可以，所以大家要珍惜。

我比较好奇，那么甄子丹拿到珍贵的中国国籍了吗？如果没有，在这么宏大而复杂的"中国人"概念下，他怎么说是百分之百中国人呢？

听说最近有一句新祝酒词：祝你越来越爱国。嗯，祝你们全家都爱国。

世界上对员工最好的公司

网络上关于小米和诺基亚的讨论如火如荼。某小米雇员、诺基亚（以下简称"N记"）前员工说 N 记"薪水高假期多工作量少，基本不用干活儿"，调侃小米没有这样的"好职位"。随后王思聪抨击小米的成功源于"抄和炒"，还有人开始比较小米和诺基亚的企业文化。不过，我觉得这好像和诺基亚员工留恋诺基亚而没早点辞职没有太直接关系，这只是说，N 记曾经是一个好雇主。

2012 年 8 月，诺基亚就经历过全球裁员，中国地区大约裁了三分之一员工。而就在此前不久，由智联招聘和北京大学企业社会责任与雇主品牌传播中心联合主办的"中国最佳雇主 2012 年年度奖"评比中，诺基亚排名第 19 名。至于"待遇好，基本不用干活儿"，恐怕仅仅是昔日辉煌的大外企的浅泛之词，公司的好处只有身在其中的雇员最清楚。2012 年"最佳雇主"评选的前 6 项指标包括："完善的福利待遇"、"企业具有良好的发展前景"、"和谐的内部人际关系"、"公平公正的用人原则"、"提升个人核心能力的机会"以及"有竞争力的薪酬"。由此可见，一个招人待见的雇主不仅仅是发高薪不干活的"慈善机构"。

一般来说"最佳雇主榜"是大学毕业生心头的最佳择业公司,这些公司也都会试图招聘拔尖的人才。 2010年回国时,我去拜访一位编辑老师,吃饭时她手机不离手,原来是她儿子当年大学毕业,当天恰好是他面试几家公司的放榜日,她要随时候他的电话。 小伙子读的是北京一所一类大学,但不够"北大"和"清华"这般顶尖,这让他很有压力。 我很好奇他面试的公司,回答是"IBM"和"惠普"。 问她最后录用的百分比,她说不清楚,但是这些毕业生要经过7道面试(测试)。"7道?"我吃惊至极,她补充说,最后一道是"做游戏",从做游戏中看应试人在团队合作中的表现,类似于行为测试。

千万别以为只有在中国的外企才这样挑剔,我在加拿大大学毕业前曾经参加过CO-OP(带薪实习生项目),像壳牌石油这样的大公司基本是非平均分数不在"A-"之上都不会给与面试。我后来工作的传统行业公司,因为历史悠久和待遇好,一个应届生职位差不多是100个人中选3。 而且附近大学的Art and Science(非社会科学类)的荣誉毕业生大多都通过这些程序优先招到了这些大公司里。

有着最佳雇主的实力,能通过层层筛选挑出最优秀的毕业生,当然也会开出有竞争力的工资和福利待遇。 除此之外,大公司对新员工的培训也不遗余力。 每年除了工作目标外,还要要求个人发展目标,大都要求新雇员考一个专业相关证书,公司帮你付学费,到期末考试时还给你放考试假,报销一定的差旅费……你要完不成个人发展目标,有的公司会按一定比例扣年底奖金。

有一年我的两个资深同事已经找不到个人发展课程，最后到美国休斯顿参加了一个 Excel 表格培训班。还有一个因为列入公司未来领袖候选人，所以公司花重金把他送入 EMBA 班，每到快考试时办公室偶尔会飞出几本书，然后他的助理就请我们轮流给他讲些会计学原理，或者分析一下税法例案。

还有一种培训则是 Cross Functional Training （跨部门培训），让员工在不同部门中各待上 3 个月，基本了解一个部门的流程后换到下一个部门。换句话说，这些继续教育、培训、每年要参加的各种专业会议等，也是"不干活"的一部分，但这部分是对员工未来规划、个人能力的培养都十分有益，而最终受益的是公司。我曾经接受过跨部门培训，这种培训最大的好处不是让人每天坐在电脑前 8 个小时完成时间消耗型工作，而是让员工提意见。一个可以使不同部门、不同流程整合的改进方案可以为整个公司提高效率，甚至带来革新。

诺基亚公司总部位于芬兰，大家都知道欧洲公司比起美国公司来说，不仅仅要求最大化商业利益，还要为社会利益做贡献。所谓追求社会利益，最基本的大概就是要对员工好，然后以员工为中心辐射到他们的家庭，以家庭为单位影响整个社会。所以薪水高福利待遇好，这些过分吗？

我目前工作的公司一直在加拿大 TOP100 最佳雇主榜中，和中国有所不同，最佳雇主榜按字母顺序排列而不是按名次排列。其中评选标准因素依次为：工作环境，公司氛围，医疗、保险等福利，假期情况，员工交流，业绩管理，技能培训和社区参与。

我只介绍一下这家公司和我以前工作过的公司的不同之处吧。

首先，它给休产假员工一年100%带薪假，大部分加拿大公司是前半年100%产前薪水，而后半年为产前薪水的50%～75%。注意，这个带薪产假不光给女雇员啊，还可能是给男雇员。

其次，公司每周工作35小时，就这样还有不少每周工作3天或者4天的员工，而公司规定只要每周工作4天或28个小时，就可以享受全职员工的医疗保险等所有福利。

最后就是它对公益事业的热衷。我以前的公司每年都会拿出一定指标的金额来捐款，比如捐给动物园、儿童医院，甚至城市电视台这样的项目。因为北美的慈善事业主要靠这些大公司和超级富豪来支持，作为公众形象甚至市场开发的一部分，大公司都必须在慈善事业上做先锋。但是，我们公司不仅捐款，差不多每年都有好几次公司或者部门范围的义工活动，比如去年我们不但到加拿大食物银行（Food Bank Canada）分配过食物，到公司赞助的一个游园会维持过秩序，还到斯坦利公园的原始森林里除过英国常青藤——因为它们太猖獗，本地的植被都被破坏了。

曾经和人事部同事讨论过为什么每周工作4天还可以享受全职员工的福利待遇，因为我每周就工作4天。不过，即使工作4天，这个职位的工作量依然是全职，公司不可能会因为另外一天的工作量而多请一个员工。所以，要拿着4天的钱，完成5天的工作量。不少员工（大部分是家里有年幼孩子需要照顾的母亲）宁可在这4天里多工作一些，或者午休短一点，也要把工作完成挤出一天时间留给自己或者孩子。一个一周工作4天的员工是无法磨洋工的，他们要比别人工作效率高。 其次，在这4天里，员工做私事的时间少了很多。 美国一个调查显示，一个公司的员工平均每天至少花45分钟上班的时间处理私事，包括牙医、银行、交电费水费、和手机公司讨论自己的账单以及带小孩检查身体……当你一周有一天时间可以去看牙医、去检查身体的时候，你就不好意思再和老板请假了。

我曾经采访过一个俄罗斯女孩，她在中国为最大的一家葡萄酒进口商工作。 她说她工作中最大的困惑是，她周围的中国人都会"装忙碌"。 她在俄罗斯工作，有事就忙，没事就离开办公室。 可是她发现她的中国同事们即使对着电脑屏发呆，也要坐在那里，这弄得她很痛苦。 就这点而言，很多西方大公司的工作时间表就比较科学灵活，我们的上一代有过吃大锅饭的经历，这一代又要被父母盯着读书，习惯了在课本的书皮下包个武侠小说来偷读，所以到工作时弄得放松自己都觉得不正当了。

但最佳雇主有时也是一把双刃剑。 当年加拿大北方电讯公司最火的时候，所有的技术工程师不但待遇高、假期多，还都在家里办公——这比N记还要牛吧。 前两项无可菲薄，尤其是假期多这种貌似不够勤奋不够热爱工作的福利，其实可以提高工程师们的创造力，并且保证公司员工的身心健康。 但在家办公却非常考验人性，多少人可以保证自己在家工作的8个小时都在全心工作？ 没有顺便溜溜狗、晒晒太阳，或者一边看《越狱》一边写程序呢？

有一个真实的新闻，美国 Verizon 通讯的一个资深工程师一直被公司当成明星雇员，因为他经验全面而且工作效率很高。直到有一天公司的安全部门发现经常有中国IP地址登陆公司内部工作平台，以为被黑，才东窗事发。原来他把大部分工作都分包给了中国的一家电脑公司，这个公司有几个人在帮他工作——这还用不到他工资的一半，而他平时就在网上购购物，这样电脑上可以显示在线。不知道加拿大北方电讯公司的工程师们中是不是也有类似的懒汉，虽然它的破产和公司管理层的决策和管理有重大关系，但作为为便利员工而设的"在家办公"制度其实造成了公司团队的松散，也增加了监测员工工作态度的难度。

一个曾经的最佳雇主，在破产或者裁员的那一天一定会变成最糟糕的雇主。对必须面临失业，尤其是为公司服务时间许久、已步入中年不易再就业的员工来说，他们的生活一定会发生巨大变化。然而即使可以预见这结局，也有很多人不愿及时改变自己的命运。或者说，"最佳雇主"也会有后遗症，享受过高于其他公司的待遇福利和更自由工作时间等等福利的员工，很难割舍这种优裕。

我一个朋友曾经在北方电讯的无线电通讯部门工作，北电破产之后，2009年这个部门被爱立信并购。此后，爱立信的业务每年都在萎缩，他的部门每年都在裁人，他每年都觉得下一个就会轮到自己。可是直到今天，他依然拿着高薪，每年5个星期假期，有竞争力的福利，在家边办公边等待"遣散补偿"的支票敲门的那一天。我相信他是干活的，因为他的组只剩下他一个人了。

其实最佳雇主的最佳雇员也不会落到最后,大家都记得当年 Google 退出中国大陆时,整个中国 IT 猎头们经历了一场狂欢。而摩托罗拉和 N 记衰退伊始,猎头们手中也有着一张长长的捡漏名单。

那个调侃别人的小米员工,可能得首先假设小米有这样一天,自己是不是被猎头盯上,再想想小米的遣散补偿会不会有 N 记那么高才是正途。

毕竟今天,再也没有职位像我们父辈那时那么保险了。

每英尺铁轨下就沉睡着一个中国人

加拿大太平洋铁路的历史

一个国家的历史有很多种书写方式。

不少人都觉得加拿大的存在感太低了,除了印第安原住民和欧洲最早横跨大西洋的移民外就再无历史可言。但加拿大人自己知道,他们的历史可以用一条铁路来写,这条铁路铺出了加拿大。

这条铁路叫加拿大太平洋铁路(Canadian Pacific Railway)。

曾经有一种说法,说加拿大有两个公司创造了历史,一个是开发了东海岸的哈德逊湾公司(Hudson's Bay Company,曾经是北美最大的地主,拥有百年字号"哈德逊湾百货公司"),一个是开发了西部的加拿大太平洋铁路公司(以下简称 CPR)。所有加拿大历史书都会提及 CPR,因为这条铁路在兴建之初就被赋予连接起横跨东西海岸,完成联邦国家的重任。时任总理 Sir John A. MacDonld 曾决心"建设太平洋铁路以统一这个国家"。

2001 年我进入 CPR 做实习生,在公司工作了整整 5 年。这 5 年中,CPR 还保持着传统北美大公司文化,基本上是白人、男性为主的管理层（虽然有按照上市公司要求有一定比例的女性中层管理者）；公司只有 7% 的可视少数族裔（Visible Minority），这当然包括有色人种和亚裔，相比较加拿大 2006 年人口普查后的官方数据，"少数族裔占到全加总人口的 16.2%"少了一半还多。

公司总部最早设于蒙特利尔，1996 年因为魁北克省面临独立的可能性，才搬到阿尔伯塔省的卡尔加里。 在卡尔加里，几乎每个家庭都和 CPR 血脉相承，不是他们的爷爷们、叔叔们在 CPR 工作过，就是自己高中时候曾经在 CPR 铁路站场做过暑假铁路的扳道工人。 两代人为 CPR 工作不是什么新闻。 曾经有过一位白发苍苍的老同事 Bob，他工作 30 年后才从铁路工地升迁到办公室，连电脑都只会最简单的操作。 他家四代都为 CPR 工作，"我叔叔是死在驾驶台上的"。

整整四代人。

2014 年加拿大建国 147 年，太平洋铁路公司创立 133 年，对于加拿大这个年轻的国家来说，它就是历史。

双手建立加拿大

1867 年 7 月 1 日，由英国在北美大陆东部的安大略省、魁北克省、新斯科舍省和新不伦瑞克四个省组成联邦，建立了一个新的国家加拿大。 1871 年，联邦政府希望诱惑位于西海岸不列颠哥伦比亚省（简称卑诗省）加入联邦，卑诗省当时提出的条件是在 10 年内建成跨大陆铁路，将其与加拿大东部连成一体。 首任总理 Sir John A. MacDonld 决心"建设太平洋铁路"。 这就是太平洋铁路公司的缘起。

美国已经在1869年完成了横跨美国的联合太平洋铁路，这条铁路饱受美誉，被称为工业革命以来"七大工业奇迹之一"。正是美国联合太平洋铁路的成功为加拿大修建自己的铁路树立了榜样。

修建加拿大太平洋铁路和美国的联合太平洋铁路一样充满了艰辛。联邦政府准备为兴建铁路的公司拨款补贴3 000万加元并留出5 000万英亩（约等于20.2万平方公里）土地。然而反对党很快发现，签署合同的加拿大实业家Hugh Allan为确保从政府手中拿到这个合同，在1872年大选中为保守党赞助了36万加元（如果只计算通货膨胀率，它相当于2014年的700万加元）。这个被称为"太平洋丑闻"的事件导致保守党政府倒台，修建铁路的合同在1873年被重新签署。

丑闻后上台的自由党对修建一条连通东西海岸的铁路的热情就低多了——这本来就不是他们发起的宏大构想，在他们看来实在是一项烧钱的项目。直到政府换届的1878年，工程动土3年后也只在中部省份安大略和曼尼托巴开始建设了一小段铁路，即使如此，工程仅仅在勘测方面就花费了50万加元。

1878年Sir John A. MacDonld再次上台成为总理时，卑诗省规定的十年限期即至，但"一条连贯东西的铁路"还只是一张空头支票。于是，他们威胁说要退出联邦。同时，联邦政府一直担心卑诗省和大片西部的蛮荒地区会并入美国的版图，顶着这样的压力，太平洋铁路的修建才进入了一个实质性的阶段。

首先，他们请了一位修建过美国太平洋铁路的工程师 Andrew Onderdonk 主持工程，这一次他们不再从东部向西部铺路，而是直接从太平洋西岸——Fraser 河流上游开始修建。所有的史料都记载，从 Fraser 河上游开始到穿过落基山脉的路段为全线最为险峻的路段。

"著名的法瑞瑟河谷从耶鲁到里屯的 58 英里路段，山体全是坚硬无比的花岗岩，直上直下，深深的河谷中激流飞溅。要在悬崖峭壁上开凿出 15 条主要隧道，最长的一条有 1 600 英尺长（约 490 米）。工人们在几乎没有立足之地的绝壁上凿洞，搭上栈道以便点炮崩山，险象环生！"关于太平洋铁路的资料这样记载着。

Andrew Onderdonk 采用了"美国建造方法"——省钱，一味地追求利润和进度，他的方法就是和美国一样使用中国劳工。一些中国商人在卑诗省设立了劳工代理事务所，招收中国同胞去当筑路工。沿着 Fraser 河谷陡崖的这一段线路，615 公里长的路段用了 1.5 万名劳工 7 年的时间才修通。

自然环境的险峻为施工带来巨大的困难，许多路段都是在悬崖峭壁上生生炸出条路来，为了省钱，施工中使用便宜的硝化甘油炸药，而不是高效炸药，这样对劳工的安全带来很大威胁（美国太平洋铁路也同样使用硝化甘油炸药）。即使如此，在某些地段，一公里铁路的造价仍为当时的 50 万加元（一名华人劳工一天的工钱包括伙食费才是 1.5 加元）。面对巨大的施工费用压力，一名美国的贸易金融奇才 Thomas G. Shaughnessy 为工程拉到了 6 亿加元的投资。另外一名伦敦一家著名金融公司的主管，Revel stoke 勋爵，在铁路修建收尾时，以 92.5 分的价格购买每 1 加元的 CPR 债券，使其再次度过了 1885 年 CPR 面临破产的财务危机。

以上的加元如果不算其他因素只考虑通货膨胀率的话，1 加元相当于今天的 20 加元。所以这一条铁路的工程极为昂贵，这个造价在今天加拿大修建一条城市轻轨都要几经审批而未果的情况下，说不定根本就建不起来了。同时，大家也必须知道当年的铁路就是后来的能源业，和今天的 IT 业，它的修建如果说倾注了举国之力，也不为夸张。

不但是经济上的压力，1883 年铁路修到今天卡尔加里的东段，因为铁路要经过印第安人的地盘，铁路工人几乎和当地的印第安人发生械斗。最后还是由政府支持，附加土地以补偿铁路占用的土地才和印第安酋长们联手解决了这个危机。

1885 年 11 月 7 日，CPR 创始人之一 Donald Smith 在卑诗省的 Craigellachie 砸下了"最后一颗金色的道钉"，把太平洋沿岸与加拿大的心脏地区蒙特利尔连接了起来，标志着此跨大陆铁路的建成。

此后，这条铁路源源不断为西部带来移民和各种建设物资，加拿大的西部才真正被开发出来。U2 有一首歌叫做"The hands built America"，我觉得直接搬用给建设加拿大的铁路工人更为合适，他们不仅仅是用双手，更是以生命建设了这个国家。

华人的血泪叙述史

CPR 的主页上曾经记载过华工修建铁路的这段历史,"没有确切的伤亡报告。 目击者和报纸公布了可怕的照片,估计有 700～800 人死于建造这段政府合同的铁路,大约占劳工总人数的 5%～9%,其中大部分是中国人"。 他们所承认使用过的华人劳工人数为 9 000 名。

加拿大铁路历史学家 Tom Murray 在 2006 年出版的 *Canadian Pacific Railway* 中则说,当年雇佣了 6 000 名中国工人,对死亡人数只字未提。

在加拿大总理哈珀 2006 年为当年向华人铁路工人收取"人头税"道歉的时候,卑诗省的华人媒体为这段历史总结的数据为:"第一批,1880 年(光绪六年),铁路公司在广东省聘请了 5 000 名工人,亦在加州聘请了 7 000 名华人。"也就是说前后聘请了 12 000 名华人劳工。 其中第一批从广东跨海而来的 5 000 名工人在修完西部这一段铁路之后,只剩下"1 500 人"。 那么仅仅在修建西部路段,就已经有 3 000 多名华工丧生。 这还没有计算,从广东跨海到加拿大的一个月海上旅途中因为恶劣条件死去的华工。

大多数媒体在引用这段历史的时候都说,在最艰难的路段"每一英尺的铁轨下就沉睡着一个中国人"。 我对这个数据比较认同,因为美国联合太平洋铁路修建时,是"每段铁轨下就埋着一个中国人"。 这个说法固然文学化,但是当年修建铁路的环境恶劣到我们今天无法想象，加拿大华工的待遇和美国的华工相近，所以，死亡人数应该是数以千名。现实绝对比任何历史书上的数字都要残酷。

最难过是那些在修建铁路时幸存，但是之后无法缴纳针对华人入籍而设的"人头税"的华人劳工。

温哥华的唐人街有一条著名的"上海巷"，1885年铁路全线竣工之后，那些交不起"人头税"无法入籍，也因此无法把妻子儿女接到加拿大团聚的华工被困在了唐人街。那条狭窄的街区当年95%以上的人口是单身壮年男性，他们每天除了拼命工作，把省下来的钱寄回家之外无以为继。不但如此，因为歧视，政府还规定了许多华人不可以参与的工作以防止他们和白人工人阶层抢夺饭碗。甚至规定，白人妓女不得对华人卖淫，并衍生出白人女子不得在华人餐馆打工的条例。

至今，唐人街还有许多超过百年的建筑无法确定产权。因为当年，很多中国人一起买一幢小楼合住，通常是几十到上百人。那些小楼也和西式建筑不同，其建筑目的就是为了让更多人居住，所以简陋不堪。

CPR历史中最沉痛的华工不平待遇和牺牲，让人在翻阅资料时饱含热泪无法书写。曾因《南京大屠杀》而著名的美国华裔女作家张纯如2003年写过一部《在美国的华人：一部叙述史》，揭露了修建美国太平洋铁路的华人的惨痛历史，在加拿大的华人，也同样是一部血泪史。

虽然华工是铁路的主要修建者，1885年那张"最后一个道钉"的照片上却没有一张华人面孔。 2005 年，CPR 把位于卑诗省 Kamloops 的中转站命名为 Cheng，也是就是中文"郑"，以纪念那些华人劳工。

这是一份迟来了 120 年的纪念。

一条铁路的荣与辱

从修建之初，CPR 就一直有几位"御用"摄影师。 今天，在公司总部，它的办公室空间里挂满了各个历史阶段的黑白、彩色照片，记录了一条铁路辉煌的荣光。

仅仅以第二次世界大战为例，CPR 的官方网站记录着它所贡献的战绩："CPR 运送了 3.07 亿吨的物资，8 600 万人员，其中包括 15 万士兵；在海上，22 艘 CPR 的船只开赴前线，其中 12 艘被击沉；在空中，CPR 破天荒地开辟了'大西洋桥'，把轰炸机用跨洋轮渡送到英国。 到 1945 年为止，CPR 有三万多名员工服务于两次世界大战，其中 1 774 人阵亡。"

CPR 已经不仅仅是一个铁路公司，它变成了加拿大太平洋公司（CP Limited）。 鼎盛时期，它拥有 5 000 公里长的铁路，一直延伸到美国的一些城市；加拿大唯一的海运公司；和一个被誉为"加拿大最好"的航空公司。 因为海运公司，即使是今天你到英国伦敦的特法拉广场（Trafalger Square），还可以看到广场旁石刻标志"CP"的建筑。 这样的建筑，据说在香港也有一幢，研究 CP 的历史学家专程去香港找过一次，却没有找到。 30 年代，第一架在上海降落的加拿大国际航班的机身上写着"Canadian Pacif ic"（加拿大太平洋）。

  CPR 还开拓了多种经营业务，包括房地产、跨大陆电报线路的架设和经营、自己建造蒸汽机车和车厢等等。因为当年政府特批的 5 000 万英亩土地，CPR 还拥有铁路沿线的能源开采权，和加拿大第二大能源公司。

  在成立 100 年时，CPR 成为加拿大第二大公司，年收入 150 亿加元，资产 177 亿加元，将近 10 万员工。引用我的同事，曾经为 CPR 服务超过 30 年的"CPR 老兵"的话，为了支持 CPR 的旅店服务，CPR 甚至拥有自己生产瓷器的工厂和几家造纸厂，它所跨的领域几乎包罗万象。

  在 2001 年 10 月 3 日，加拿大太平洋公司（CP Limited）分解为五家公司——铁路、海运、旅店、煤炭和能源公司。它的铁路公司继续沿用 CPR，主要业务已经改为货运，但是它还是被很多世界级旅行杂志称为"最美的观光铁路"。这条航线穿越落基山和班夫、路易斯湖等国家公园，观光客车拥有五星级的餐饮服务，最上层是 360 度全透明的车厢，乘客可以看尽落基山脉的湖光山色。

  如果有一天你到加拿大旅行，可能会在很多城市看到一部废弃不用，但是却保持如新的火车头。那是为了纪念 CPR 和它带给这个城市的历史。

  在我所住的温哥华耶鲁镇就一个 Roundhouse Centre，它曾经是 CPR 中转站，现在是温哥华最受欢迎的社区中心。社区中心保留着一个挂着英国女王头像的老火车头，每到圣诞节就张灯结彩，并在周围装置上了小火车道和小火车，让孩子们乘坐，其中当然有不少华人孩子。今天温哥亚裔比例约有 30%。

离孩子们嬉戏的火车博物馆几个街区，就是唐人街的上海巷和广州巷——100 多年前铁路华人劳工屈辱委身的地方。

历史的美好与丑陋，光荣与耻辱，血泪与欢笑就如此近距离地对视着、述说着、和解着，成为今天的加拿大。

第三章　像一个文艺青年一样走来走去

做人太文艺范儿的危险性

这两天大家都在讨论《疯狂动物园》，里面的狐狸 Nick 帅呆了，如果让我选择第二帅的，一定是那个黑社会老大——Mr. Big。他出场前派头十足，先是一个比一个高大的北极熊保镖，然后是电影《教父》的音乐，最后一只小小的鼩鼱现身，一道光柱打在他身上，质地上乘的黑西装，领口别了一只红色的玫瑰……慢条斯理地强调说："今天是我女儿的婚礼，我本来不应该杀人"。

看来，黑社会大佬都有一颗热爱电影的、文艺的心。

但是做人真的不能太文艺，做大佬就更不能。下面就是一个关于文艺范儿墨西哥大毒枭的故事，实在是戏剧了，所以忍不住和大家分享。

故事源于一个墨西哥裔女演员凯特·德尔·卡斯蒂洛（Kate del Castillo），她在墨西哥家喻户晓，因为她出身一个演艺之家，父亲就是一个著名的演员，也因为她出演了一部肥皂剧《南方女王》(La Reina del Sur)，她在其中扮演一个女毒枭。

总之，虽然在墨西哥家喻户晓，但是凯特还是决定到美国好莱坞去闯天下。无亲无故，人生地不熟，一切从头开始——好吧，我们今天不是来讲励志故事的。 凯特在好莱坞刚刚站住脚，就经历了一场感情的波折——离婚。

有一天晚上，凯特实在是心情不好了，于是就在她的 Twitter 上和她的粉丝交流，她用西班牙语写着：今天晚上我不相信婚姻，我也不相信爱情，我不相信惩罚和原罪，我不相信教皇……好吧，类似于一首排比俳句。 最后她写到："我相信矮子先生超过相信政府，因为政府从来不告诉我们真相。 艾滋、饥饿……假如矮子先生可以做一些好事，他就是我的英雄。"

这一段推文，好像海子的《日记》的西班牙语版，今夜，我不相信人类，我只相信你，矮子。

这个"矮子"就是墨西哥最大的毒枭（如果他不是世界最大的话）乔奎因·古兹曼·洛埃拉（Joaquín Guzmán Loera）。据说他从 15 岁就开始种各种罂粟和大麻，他的毒品已经成为一条完整的产业链，他曾经毫无歉意地说："我提供的海洛因、冰毒、可卡因和大麻比世界上任何人都多。 我有一支由潜水艇、飞机、卡车和舰船组成的队伍。"并且让一国界之隔的美国禁毒署防不胜防。

传闻墨西哥的很多凶杀案都和他有关，有的地方竟然出现一个晚上在城墙旁边发现 20 个人头这样恐怖的景象。 尽管他的 10 亿美金的财富血迹斑斑，他却不承认自己是一个暴徒，"我只是自卫而已。"令人难以理解的是，他在许多墨西哥人心中竟然是一个英雄，因为大多数人相信他的辩解："我出身贫穷，被逼无奈才从事贩毒。"而且，墨西哥有一种崇拜毒枭的文化，大抵和意大利崇尚西西里黑手党一个道理。

总之，凯特在 Twitter 上给墨西哥大毒枭"矮子"写了一串排比句，总的来说是表达对现实的失望，但是很快就在好莱坞的媒体群炸开了锅。大家都攻击她把一个毒枭摆成英雄是一个"错误"。可是，女人心情好的时候，还在乎什么政治错误呢？凯特处于风口浪尖，但是很快也就过去了。

可是过了不久，凯特收到一封邮件，说想请她拍一部电影。这么没头没脑的邮件，凯特当然就回绝了，可是很快，对方又写来一份邮件，说是"矮子"的律师，虽然很多人想拍关于乔奎因·古兹曼·洛埃拉的电影，但是他更希望凯特来拍。这时，众所周知，大毒枭还被关在监狱里。

凯特和他的律师接触了几次，甚至还到墨西哥城面谈过。她还接到过矮子亲笔的书信，来感谢她愿意接受这个项目。2015年1月，通过律师，好莱坞女演员凯特·德尔·卡斯蒂洛和大毒枭乔奎因·古兹曼·洛埃拉签署了一份电影拍摄合同。古兹曼，也就是矮子说，这里包括一部书、一部纪录片和一部电影……你想拍什么都行。

最后，2015年7月的一天，毒枭上演了一场真实版的越狱。经过专业人员估计，毒枭逃跑的地洞大概用了一年，花费100万美元才完成。据矮子自己说，施工的工程师专门被送到了德国去学习挖掘，连施工用的摩托车都经过特殊改装以保证在低氧下可以运行。

凯特终于开始和毒枭联系，每一次都是他的律师带来一只黑莓手机（黑莓手机……连黑社会都用黑莓手机来保证安全，多好的植入），然后凯特和他通话后再还给律师。因为知道有很多大制片人和导演想拍毒枭的故事，凯特当然会问全天下女人最喜欢问的问题："为什么是我？"毒枭说："因为我最信任你，你一直非常诚实。"

然后他告诉凯特，早在3年前，当凯特情绪低落写下"相信矮子胜过相信政府"的排比句的时候，他就想给凯特送一束花。无奈凯特人在洛杉矶，他不知道她的联系方式（什么，还有毒枭不知道的联系方式？）。然后，他的下属是通过联系她在墨西哥城的父母，才找到了她的邮件地址。矮子对凯特说："放心，我会照顾你。"

虽然在各种媒体报道中，没有提到什么"罗曼史"，但是八卦的我们还是嗅出了浪漫的气息。一个黑道大佬，全世界悬赏金额最高的贩毒头目，仰慕一个好莱坞女明星，这不是听起来很酷的一件事？

在凯特认真筹划这个项目时，她的朋友告诉了西恩·潘，关于凯特和古兹曼的这个电影合作。西恩·潘想必大家也都知道，好莱坞的老帅哥，我觉得老帅哥中，除了乔治·克鲁尼就数西恩帅了。同时，他也是好莱坞著名的坏小子，把妹高手，麦当娜的前夫（很可能是最爱的人）。同时他身上还有好莱坞左派艺术家的毛病，就是又文艺又关心政治。不用说，像反布什，投奥巴马票的事儿一定有他。当西恩知道这件事，几乎不用想就一定会积极参加了。

他先见了凯特,还在她的住所里喝了她有股份的一家龙舌兰酒厂酿的酒,然后他们聊了聊人生,她的父母。 最后,凯特准备问一下她的毒枭朋友是不是可以接受她未来的合作伙伴。

比较戏剧的是,矮子居然不知道西恩·潘是谁,那表情一定是:这是谁呀,我为什么要见他?(尤其还和我心中的女王一起拍电影?)他的律师比较有文化,就和矮子说,他就是演过《21 克》(一部犯罪电影)的大明星。

不久,西恩·潘就和凯特用 33 720.3 美金买的特殊航线机票(这个数字精确到小数点后是有意义的),到了墨西哥城,再由矮子的儿子和下属把他们拉到一个丛林中的空旷地上的一所建筑。这里可以脑补,就像那些警匪,侦探片差不多啦。

这一次凯特真的见到了矮子——她相信他超过相信政府的人,他穿着丝绸衬衫牛仔裤,绅士般地帮她拉椅子,嘘寒问暖,甚至关心她的饮食。 他们一共聊了 7 个小时,最后矮子还把凯特送到她休息的寝室外面,然后温柔地介绍,为了客人们的安危他从来不会在客人下榻地休息。

当然这 7 个小时里,不仅仅是这些温情脉脉的侠骨柔情的片段,西恩·潘居然是带了采访毒枭的任务来的。 难道每个文艺青年除了拍纪录片,就是有成为战地记者这同一个梦想吗? 而且,这个采访是为了《滚石》杂志做的,据《滚石》杂志的创始人 Jann Wenner 说,一开始他是拒绝的,《滚石》杂志上一次采访了一个弗吉尼亚大学的强奸案,因为没有充分调查,不但被同行诟病,还惹上了几个法律官司。 所以《滚石》这次肯定不想再惹上什么麻烦。

但是不知道西恩是怎么说服 Jann Wenner 的，他不但采访了毒枭，问了像"共和党总统候选人唐纳德·J·特朗普（Donald J. Trump）对墨西哥人口出恶言，古兹曼是否悬赏了 1 亿美元"这样的问题，而且他还非常尽责的，在回到美国后，又给矮子电邮去了 10 多个问题进行深度采访。

然后，身为一个 10 亿美金身家的、随时可能被抓的越狱出逃的大毒枭，他还回答了大部分问题，不但回答了还是拍成了一个小视频回答的（他难道知道视频是内容原创的新贵吗？）。

当然更为友好的是，《滚石》杂志在定好初稿之后，还把稿子发给古兹曼过目了一遍。据说，杂志特地隐去了一些关于时间和地点的细节，而矮子也并没有对稿子要求任何修改。看起来十分和睦的一刻，等专访发表之后几天，矮子就被墨西哥政府抓住了。

在墨西哥总统公布大毒枭被捕消息的时候，当然没忘了给那些在大人眼皮底下玩游戏般的好莱坞明星们一点"敲打"，他说，古兹曼一直在他们的严密控制中，当然，他和好莱坞的一些人的电影项目，无疑提供了更多有用的线索。

听到这番话的凯特·德尔·卡斯蒂洛说自己"想死的心都有了"。因为这些听起来像是他们出卖了矮子。而西恩·潘也十分沮丧，因为这一次跨行的勇敢尝试并没有迎来掌声，人们质疑他为什么会对一个恶迹累累的毒枭还有同情，甚至问他"爱不爱你的母亲"这样的采访问题，而不是"为什么你要毒害大众"？

西恩和凯特当然都在接受 DEA（美国禁毒署）的调查，这才会出现，他们把机票的价格要精确到小数点后。人们怀疑凯特和她入股的酒厂收到过毒枭的资助。至少目前，凯特和西恩只是被作为证人，而不是嫌疑犯而调查的。

西恩·潘说，古兹曼对哥伦比亚大毒枭帕布罗·埃斯科巴（Pablo Escobar）的下场心知肚明。埃斯科巴曾是世上最恶名远扬的毒枭，在与当局的枪战中毙命。潘问古兹曼如何看待自己的下场。"我知道有一天我会死去，"他说，"我希望是自然死亡。"

我在想，如果他不是这样文艺，对拍一部电影一往情深，是不是不会这么快被抓回去呢？